油漆式速記法

超高速多層次重複記憶法

吳燦銘◎著

記憶就像刷油漆，
凡刷過必留下痕跡！

重複記憶愈多次，
英語單字記得愈清晰！

推薦序 1

Think Different：創意理論，專業研發

外語能力的加強一直是大專院校積極努力的方向，有一流的語言人才，才更能培養出具國際觀的一流人才。英語可以說是目前最具代表性的國際性語言，當企業開拓國際市場業務時，英語能力愈好，更可以在職場上發揮長才。本人長期在語文領域執教，相當關心當前的語文教育資源，怎樣能幫助學生有更創新的學習方式與更好的軟體資源。

這幾年政府也積極推動國際語言證照，許多大專院校都已規定需通過某種英檢，作為學生畢業的門檻。然而，對許多人而言，語言的學習，是一種相當受挫的不愉快經驗，尤其背單字這項工作，又是一件不折不扣的大工程。本書作者陳述的「油漆式速記法」，是一套大腦潛能開發的最佳方法，也強調互動式學習英語的重要，認為學習最重要的就是能與興趣相結合，如果能夠把英語學習融合在平常的休閒娛樂裡，就能真正做到「輕鬆樂活學英語」！

本人曾邀請作者到臺東大學演講，對作者所提出的方法，覺得非常創新，更難能可貴的是，作者的團隊結合各大專院校專業領域的語文專家及自身軟體研發實力，並不斷吸納推廣過程中寶貴的使用者意見，持續投入產品改進與研究，希望開發更具吸引力及學習成效的軟體。這次有機會寫這篇推薦序，期盼本書提供的方法，未來推出更多語言及多元平台的應用，以幫助更多在語文學習過程不順利的莘莘學子們。

國立臺東大學通識教育中心主任
國立臺東大學英美系前系主任暨專任副教授
國立臺東大學語文發展中心主任
美國密西西比州州立大學

溫宏悅　博士

推薦序 2

工欲善其事，必先利其器

要學好某一種語言，讓自己在該語系的國家生活一段時間，是最直接、也最有決心的作法。但出國不見得是每個人都適合的選擇，好的老師也不可能隨時隨地出現在你身邊，這時如果有一套好的學習工具，便可彌補這樣的遺憾。所謂「工欲善其事，必先利其器」，有好的工具，再加上學習的決心，語言的學習必能事半功倍。

作者希望我為本書寫推薦序，我很用心地花了時間仔細研讀本書，感佩作者能以理工的背景，提出如此創新而與眾不同的語言學習觀點。書中提到，為了能在專業的英語檢定中拿到好成績，勇於嘗試結合速讀訓練、速記原理與大腦生理學等知識，開發「電腦學英語」的軟體，幫助自己於短時間內記憶大量單字。不僅完成了自己的留學夢，也讓許多苦於記性不好的讀者，有機會開啟速憶的大門。如今作者將這些完整心得出版成書，結合了時下最流行的速讀與速記理論，分享「油漆式速記法」對英語學習的幫助。

本書的邏輯架構非常清楚，我們可以清楚了解油漆式速記法與英語學習的關係，也知道作者非常強調大量單字對英語學習的重要性。

透過流暢的架構安排，作者詳盡地解說分析油漆式速記法的訓練理論和使用方式，讓我們更能明白該套語言學習系統的運作方式，了解系統如何協助我們提高學習的成效，更能增加學習的效果。衷心期望本書的出版，可以讓更多學生從中獲取新思維的英語學習方法。

國立虎尾科技大學應用外語系主任
美國印地安那大學語言教育
王清煌　博士

推薦序 3

顛覆傳統的英語學習工具

進入地球村的新世代，全球化的腳步日益快速，「提升外語能力，擴大國際視野」是台灣許多大專院校的主要教育方針之一，尤其是英語，它是目前全世界公認的國際語言，而且所有的文獻資料、網站內容與許許多多的學術資源都還是以英語表達為主。如果能靈活運用，更有機會開拓宏瞻的國際視野。

本書所創新發表的「油漆式速記法」，是一種具有系統性之重複式記憶法，它同步結合速讀與速記訓練，主要原理加入了瞬間記憶、眼球移動、視幅擴大、多重感官學習，輔以外籍人士真人發音，配合朗誦強化注意力，迅速將感官記憶轉變成短期記憶；接著再整合不同型態的測驗，及高速大量切換式迴轉複習，將短期記憶轉換成長期記憶。要能活用英語，記憶大量單字確實是一件根本工作，也是英語持續進步的原動力。

作者強調記憶大量資訊就好像刷油漆一樣，反覆多層次地刷，刷出來的牆才會均勻漂亮。油漆式速記法的概念就是將刷油漆的概念應用在快速記憶，配合「大量、全腦、多層次迴轉」的速讀與速記方法，並利用右腦圖像直覺聯想，與結合左腦理解思考練習，搭配高速大量迴轉與多層次題組切換式複習。這套方法應用在外語單字的速記，可以成功幫助學生記憶單字，輕鬆、有趣、記得快又牢，達到全腦學習奇蹟式的相乘效果。

本書作者曾受本校「語言教學中心」邀請，進行「由速讀到速憶——一小時背兩百個單字」的專題演講，這套方法顛覆傳統，首創結合速讀與速記，很高興有機會為這套創新的方法寫序推薦，也期待作者的團隊，未來可以投入更多資源，研發更多結合科技及人性學習的教學軟體及應用工具。

環球科技大學應用外語系助理教授兼語言教學中心主任
美國肯塔基州立路易斯威爾大學英語課程

賴錦全　博士

作者序
你的英語油漆了沒？

近幾年來，筆者透過演講的方式，以親身經驗推薦這套有別於傳統的英語單字學習法，期望可以讓更多人，勇於向放棄英語Say No。在演講的經驗中，筆者強烈感受到許多同學面臨不知如何快速提升語言能力的困境，許多老師也常提到學生單字量不足，期盼引進教學的新方法。傳統背單字的缺點，除了不容易集中注意力，記憶的過程繁複、效率不佳、愈背愈慢之外，更重要的是，花了心血背的單字忘得快，不容易轉換為長期記憶。

本書所提出的油漆式速記法，是一種「大量、全腦、多層次複習」的方法，並提供一種即時測驗環境來建立學習成就感。可以讓學習者快速累積英語字彙總量。以筆者留學經驗來說，在短短一、兩個月中，背上將近一萬個GRE常考的艱澀單字，除了短期對考試有立即明顯的幫助外，也大幅提升英語閱讀能力與學習興趣。尤其是那些英語不得其門而入的讀者們，筆者希望以親身經驗鼓勵各位，從現在開始，只要下定決心，這套方法絕對可以幫助各位在英語學習的大聯盟競賽中，揮出超前比分、逆轉勝的漂亮一擊。

其實「油漆式速記法」是可以被廣泛應用在外國語言類的速記軟體（包括英語、日語……等），目前已積極研發行動裝置Android及iPhone作業平台的手機及平板電腦版本單字速記軟體。本團隊計劃於最短時間內完成雲端版本的油漆式速記系統，我們深切期望這套方法可以不斷創新，並陸續開發各種語言及平台。

榮欽科技　執行長

吳燦銘　敬筆

電子郵件：h7373.michael@msa.hinet.net
txw5558@mail.zct.com.tw
公司網址：http://www.zct.com.tw

Contents

推薦序1 002

推薦序2 004

推薦序3 006

作者序 008

Chapter 1

油漆式速記法與英語學習

1 油漆式速記法：緣起 018

2 油漆式速記法：原理 022

原理1：【大量】大量吸收才能讓大腦更靈光 022

原理2：【全腦】全腦學習的威力 026

原理3：【多層次複習】重複記憶就像刷油漆 029

3 油漆式速記法：特色 033
特色1：【發揮大腦最佳功效】神奇的腦電波 033
α腦波／β腦波／θ腦波／δ腦波
特色2：【以速讀為基礎，以學到再也不忘記為最終目的】 037
速讀的要領／固化記憶的祕訣

4 油漆式速記法：觀念【英語學習就在生活中】 044
觀念1：【學英語就像刷油漆】將日常生活中與英語的接觸累積起來 045
環境的力量／閱讀就像滾雪球／
看影集也算閱讀／語言代表一種文化／
英語只是一種溝通工具，重點是要能利用這種工具！
觀念2：【油漆式速記法教大家如何Happy學英語】輕鬆樂活學英語 058
享受一個人的旅行／運動不忘學英語
觀念3：【油漆式速記法要配合整體生活進行】油漆式健康功課表 063
腦細胞更活化，學習語言成效更好

Chapter 2
油漆式速記法與全腦訓練

1 **油漆式速記法與全腦訓練：引言** 068

一切知識不過是記憶 068

天然的尚好 070

油漆式速記法與英語單字 071

單字的愛恨情仇／油漆式速記法背單字

油漆式速記法與文法、英語句型 078

千萬不要學文法／文法是造句的規則

2 **油漆式速記法與右腦訓練：運用右腦圖像學習英語單字** 083

右腦有氧體操 085

聲音是右腦的靈魂 086

圖片優勢效應 088
超右腦速記單字 089

3 油漆式速記法與左腦訓練：運用左腦分析進行英語句型訓練 100
用英語思考 101
以句子為單位，聰明學英語 102
超左腦句型訓練 103

4 油漆式速記法與全腦訓練：應用 110
左右腦雙劍合璧 110

Chapter 3 油漆式速記法的實際應用：油漆式速記系統

1 油漆式速記系統：介紹 122

2 油漆式速記系統：原理 126
原理1：速讀與活化眼力 126
原理2：不定點閃字 128
原理3：色彩與記憶力 129
原理4：英語聽力的訓練 131
原理5：殘像記憶的應用 132
原理6：杏仁核的刺激 134
原理7：錯誤中學習 137
3 油漆式速記系統：應用【六層油漆幫你學語言】 140
第1層油漆：認知性訓練 140
第2層油漆：回溯性訓練 143
第3層油漆：聯想性訓練 144

第4層油漆：觸覺性訓練 146
第5層油漆：多感官訓練 147
第6層油漆：分析性訓練 149

附錄：【油漆式速記系統】試用光碟安裝說明 151

Chapter 1 油漆式速記法與英語學習。

左腦　句型思考：
The hurt rider was taken to the hospital by the <u>ambulance</u>.
那受傷的騎士被救護車送到醫院去了。

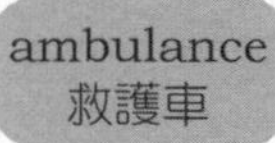

1 油漆式速記法：緣起

回憶起二十幾年前我正如火如荼準備留學考試GRE之際，對於像我這樣一位私立大學理工科系的學生而言，想要在這麼專業的英語檢定考試中拿到好成績，簡直就是天方夜譚。

GRE是一種類似美國研究所入學智力測驗的考試，內容分為語文、數學和分析三部分。對於大多數台灣學生而言，數學的部分很簡單，要考個滿分也不難。但是語文和分析部分，如果僅憑求學階段所背的單字，可能有一半以上的題目都看不懂，唯一的解決辦法就是必須在短時間內背上一大堆冷門古怪單字。

由於這些單字都不是生活中的常用單字，更不容易從一般報章書籍中看到，每天只好抱著一本GRE嚴選單字書猛K。從字母A開始背，通常背一段時間後就覺得心浮氣躁，但是又何奈，只好在苦悶中變點花樣，把整本書倒過來，從字母Z又開始背。

每天憑著一股意志力熬夜背到天亮，白天時又睏得只剩下靈魂繼續背單字，不過到了模擬考時，看到試卷上的一堆單字，還是「老鼠、老虎傻傻分不清楚」，當然，成績始終是敬陪末座。

雖然當時有號稱補習班字彙天王的名師在課堂上講得天花亂墜，例如從這個字可以輕鬆聯想到許多字，但對我這個單字原本就認識不多的學生而言，都是左耳進右耳出。

畢竟記憶這種技巧，真的是「師父領進門，修行在個人」，只能自求多福了！特別是記憶的速度與效果往往取決於大腦，但大腦和手腳等肌肉器官又不相同，當你愈是用力想去記住，記憶效果反而愈差，除非能夠找到利用大腦的正確方法。

眼見留學夢碎之際，有一天我突然福至心靈，想到國小時期曾經受過為期三年的速讀訓練，知道善用速讀原理除了可以加快閱讀速度外，更能夠大幅增進記憶效果。特別是在這種考試的緊要關頭，單字的數量當然是多多益善，不過眼前的問題可不是出在該背多少單字，而是一定要找到短時間背大量單字的捷徑。

時間正在一分一秒地流失，於是我馬上停止了土法練鋼式的背單字方法，跑到圖書館中抱回了一堆速讀與記憶類的書籍。在埋首研讀的同時，並將這些原理結合自己的電腦專長，設計了**「電腦學英語」**軟體作為自己背單字之用，讓電腦成為一位不會喊累的英語老師，這也就是後來「油漆式速記系統」的前身。

接下來在短短不到一個月的時間，奇蹟竟然發生了，我的ＧＲＥ成績不但突飛猛進，莫名其妙在知名補習班模擬考成為第一名，當時應考的學生將近七百個之多，而且在兩個禮拜後的ＧＲＥ正式測驗也獲得了非常優異的成績，

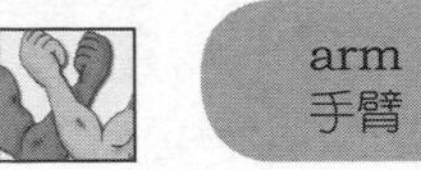

arm
手臂

右腦 圖像聯想：
兩位先生舉起手臂準備展開臂力比賽。

讓老師及同學們幾乎都跌破了眼鏡。

在一次偶然的機會，經由民生報校園新聞版的披露，更在國內各大媒體引起廣泛的迴響及報導。甚至當時相當知名的華視新聞雜誌主播陳月卿小姐，還特別製作了一集長達十五分鐘的「電腦學英語」專題報導。當然在退伍之後，我也順利地完成了出國留學的美夢，在留學期間，這些短期背下的超大量單字，更對我融入美國生活有了異想不到的幫助。

接著回國後的十五年間，我雖然主要從事於計算機科學的教學工作，但對於速讀訓練、速記原理與大腦生理學等知識還是情有獨鍾，不斷地投入相當多的時間做更深入完整的研究。為了讓許多苦於記性不好的讀者開啟速記的大門，決定將這些完整心得出版成書，結合了時下最流行的速讀與速記理論，並強調**「大量、全腦、多層次」的學習精神，命名為「油漆式速記法」**。

左腦 句型思考：
My brother is an outstanding athlete.
我弟弟是位出色的運動員。

athlete
運動員

2 油漆式速記法：原理

原理1：【大量】大量吸收才能讓大腦更靈光

從醫學的觀點來看，大腦是人類最重要的器官，「牽一髮而動全身」最能用來形容大腦對身體的影響。有許多醫師形容：「外表的年齡，不代表真正的年齡，大腦的年齡，才是一個人真正的年齡。」

大腦是人體的神經中樞，身體的一切生理活動，如臟器活動、肢體運動、感覺產生、肌體協調以及說話、識字和理性思維等，都是由大腦支配和指揮。大腦是由約一千億個以上的腦神經元組合而成，就像是一台可以用來處理超大量資料的超級電腦，蘊藏著神祕而奇妙的運作機制。

每個神經元的長相就像世足賽中那隻張牙舞爪的章魚哥，神經元會長出兩

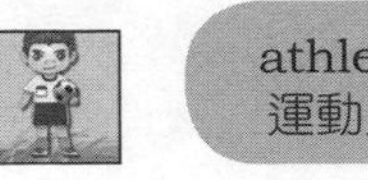

右腦　圖像聯想：
這個男孩是厲害的足球校隊運動員。

種觸手狀的突起組織，分別稱為「軸突」與「樹突」。軸突就像巨大的蒲公英一樣，不斷地劈叉再分支，主要負責將訊息傳遞出去。樹突的功用是負責和其他神經元的樹突接觸，並且將訊息帶回神經元。神經系統間的傳導就是靠著神經元之間的訊息交流所引發。

在我們的身體內，無時無刻都有成千上萬的神經軸突不斷受到刺激，每一個神經元除了利用軸突把訊息傳遞到其他神經元外，還可串聯起神經傳輸的新路徑，稱為「神經迴路」。

當一個刺激透過眼、耳、鼻、舌等感覺器官進入大腦時，會激發一連串神經迴路，人類的記憶就是靠著神經迴路的連接而形成。大腦生理專家認為決定智力高低的因素並非神經元數目的多寡，而是神經軸突所建立的迴路密度。智力高的人擁有豐富且密集的神經迴路，智力低的人神經迴路則較為貧乏與稀疏。

大腦潛能的開發與神經軸突有著相當密切的關聯。當各位用腦的機會愈

多，大腦神經纖維間的連結就會愈加密切，活化的程度相對提高，大腦就會愈健康。愈常運用大腦來閱讀或思考，神經迴路的聯繫就會更為敏銳迅速。

日本有句俗諺說：「大雨使大地更加堅固！」而我認為：「大量吸收訊息會使大腦更加靈光！」

記憶的形成是知識隨著時間被儲存的奇妙過程。當各位愈常運用大腦來閱讀或思考，神經軸突的連結會愈發達，活化的程度相對提高，這時如果神經元發出與過去經驗類似的訊號時，大腦中就會自動產生記憶模式。

神經迴路密度愈高，記憶力就愈好。

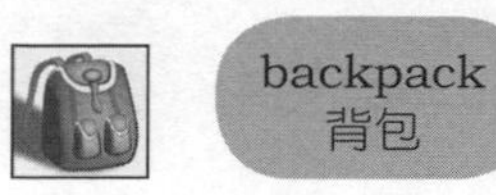

右腦　圖像聯想：
這個背包很適合登山客郊遊時使用。

因此，如果能夠同時**讓愈大量的訊息快速進入大腦，神經迴路間的連結就會愈緊密，大腦的處理效率就會愈高，這就是油漆式速記法所強調，「任何學習都必須大量吸收資訊」的基本理論。**

各位可以回想，以前的建築工人是一磚一瓦、緩步地蓋成四合院的平房，現代化建築工程的鋼骨結構，是先把鋼骨架好，再以大量牆壁組裝成台北101大樓。二十一世紀經濟社會的理論講究規模，數大就是美，這也符合大腦的運作原理。

在日常生活中該如何增進大腦吸收大量訊息的能力呢？接受速讀訓練就是最好方法之一。速讀是二十世紀以來相當熱門的學科，它同時結合了生理潛能與速讀原理，不但能加快閱讀速度，相對也要求理解力和記憶力的配合。

根據科學家們的正式統計，人類天生的閱讀能力僅被開發了百分之二十左右，但只要經過類似速讀或視覺潛能的訓練，就可以將閱讀能力大幅提高數十倍以上，讓大腦在短時間內能夠吸收大量訊息。

原理2：【全腦】全腦學習的威力

大腦奇妙之處在於兩半球分工不同，而且這兩個半球是以完全不同的方式在進行思考，分別掌管不同的事情。正常人的大腦可以區分成左右兩側，右半球就是「右腦」，左半球就是「左腦」，左右腦平分了腦部的所有構造。我們常說：「性格決定命運！」然而，你究竟是屬於左腦或右腦的愛用者，才是真正決定命運的關鍵。

左腦就像個演說家，一般人生活中利用最多的就是左腦，主要協助我們從事邏輯、數字、文字、分類等抽象活動。人類的語言能力大都由左腦掌控，為理智的主宰，通常會發出正常人清醒時的β腦波。

右腦則像是個藝術家，具有自主性，能夠發揮獨特的想像力，容易把創意圖像化，是創意的源泉。右腦在腦波的波形圖上，通常是以α腦波為主，也是潛能開發的所在，包括掌管人類的幻想與白日夢。

通常我們做任何一項思考活動，左右腦都會同時參與，左腦用語言進行思考，右腦則是以圖像進行思考；但左右腦的參與程度則針對不同的活動性質而有所不同。

歷史上許多著名的偉大人物，多半同時擁有左右腦學習的能力，使其能達到機能上分工合作的目的，並且從整體結構上

左右腦的角色扮演圖

開發大腦。由於他們都是懂得運用全腦的人，對於**一個問題的思考程序，是由右腦儲存活動的圖像訊息，然後交由左腦進行分析處理**。

例如大物理學家牛頓看了蘋果從樹上掉下來的景象，就發明了萬有引力定律。這個運作過程就是左腦一邊觀察，提取右腦所描繪的圖像，同時在左腦進行語言與邏輯化的編碼。

在日常生活中，懂得運用全腦的人，不但可以大幅提高記憶力與學習力，更重要的是能夠開啟大腦潛能中的想像力與創造力。例如我國的傳統教育模式就是偏向左腦功能，只要填滿老師心中的「標準答案」，就是取得高分的最佳保證。

因此台灣學生在英語學習方面，文法成績可能很好，但是會話和聽力就不行了，原因正是缺乏右腦的訓練。油漆式速記法認為如果能分別從左右腦的訓練著手，便可以幫助讀者加速學好英語。

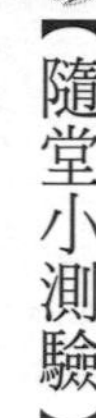

【隨堂小測驗】

1　你開車時不喜歡使用衛星導航嗎？

2　你跟美國克林頓總統很像，談吐能夠動人心弦？

3　左右兩手都可以自由運用？

4　愛好古典音樂，但也注意流行音樂排行榜？

解答：如果你1至4題都選擇「是」的話，那麼你應該是右腦型的人了。

原理3：【多層次複習】重複記憶就像刷油漆

相信各位都曾看過別人在一大面牆前刷油漆。如果今天是你在刷油漆，你會怎麼做呢？

如果各位只想靠刷一次就刷好整面牆，因此仔細地每個角落不斷反覆塗刷，這種乍看小心的作法不僅會成效不佳，刷完後反而會造成整面牆的漆面凹凸不平。

老師傅們都知道，在刷油漆時絕對不能貪快，通常以塗三層漆為原則，絕對不會妄想畢其功於一役。正確的作法應該是以一面牆為單位，沾滿油漆後，第一層刷漆時就盡量漆稀薄一點，並盡力讓這一層所刷的牆面都能上漆。

把握牆面顏色看來均勻就可，而不是拘泥在小範圍內修修改改。第二層刷漆也是以整面牆為原則，讓每個角落的漆都能均勻，因為落點的不同，會補齊上一刷時的空隙或疏漏之處。第三層則是針對前兩次的不足，進行最後針對性的修改，以達到最完美的刷漆效果。我們知道只要油漆刷過之處，不論範圍大小，一定會留下漆色的痕跡，也唯有透過重複多層次地粉刷來彌補上一層的空隙，這樣刷出來的牆面才會真正均勻漂亮。

相信許多人都有吃迴轉壽司的經驗，剛開始看到運輸帶上五花八門的壽司料理時，肯定會眼花撩亂，剛想選擇某些菜色，一溜煙就從眼前消失，連名稱跟價錢都看不清楚，迴轉了幾次之後，才能慢慢記住想吃的壽司位置與價格。

為什麼記住了？**最重要的關鍵就在於「重複的概念」**，也就是我們已經重複看了好幾次迴轉台上的壽司。不要小看重複的過程，**重複是記憶之母，是把感官記憶移轉為長期記憶的一個重要過程！**

當各位開始接收到新訊息時，就如同在大腦皮層中刷上油漆，不論接收時間的長短，記憶的痕跡始終會存在。如果有遺漏，可藉由下一層刷漆時進行補強。只要多刷幾次，記憶的時間愈長，自然能夠在大腦中產生更好的記憶效果。

油漆式速記法中所主張的「多層次複習」，強調多層次的精神就是不斷重複記憶，藉由逐步加快速度的重複速讀，就像在各位的大腦中刷上好幾層記憶的油漆。重複的次數愈多，記憶效果自然會愈好。

例如各位閱讀書籍時，千萬不要想一次就看懂，因為沒有人是天才，即使這次沒辦法完全記住，第二次閱讀時還可再複習一遍，甚至再閱讀第三次、第四次。當至少已廣泛閱讀一遍後，對內容會有某種程度的了解，因此下一次再閱讀同樣內容時，請務必讓速度逐漸加快，這樣視點停留次數也會遞減，並且要記住保持一種「放鬆性認真」的心情，因為即使這次沒記住，下一次複習時還可再了解一遍。

3 油漆式速記法：特色

特色1：【發揮大腦最佳功效】神奇的腦電波

我經常在巡迴演講的開場白時，單刀直入就告訴聽眾「油漆式速記法」的最佳入門學習心法。

這個心法相當簡單，那就是：「速記的最佳祕訣就是努力忘記！」因為**速記技巧的第一步就是讓自己培養出準備忘記的「心情」**。

此話一出，經常引得全場嘩然，每個人都丈二金剛摸不著頭腦。怎麼會一下說要記住一下說要忘記，搞不清楚油漆式速記法的葫蘆裡到底賣些什麼藥？為什麼忘記為速記之母呢？答案當然跟腦波有關，因為**在物我兩忘的狀態下，就能夠產生最能幫助記憶的α腦波**。

大腦就像一部電波發射台，任何人不管在什麼時候、做些什麼事，甚至是睡覺時，大腦中的神經元細胞都沒有任何一刻停止活動，不斷地產生「電流脈衝」，這些電流脈衝則稱為「腦波」。腦波就像是神經元細胞活動的節奏，它跟人類的學習和記憶過程有密不可分的關係。從腦波圖中可測量與分類出四種腦電波，請看以下說明。

● α腦波

當我們身心放鬆時，腦波會產生較低的周波，波長為八至十二赫茲（Hz），稱為α腦波。在α腦波下，大腦能夠呈現高度清晰的狀態，反而能讓自己變得更能集中注意力。如此一來，無論是學習或閱讀，都能收到事半功倍的效果，這就是為什麼每一個成功的學習法，總是教人從放鬆開始。

● β 腦波

當情緒波動、焦慮不安或是因任何一種激動情緒而興奮時，波動頻率就會增加，腦波活動會上升成更高的周波，稱為β腦波，波長為十二至一百赫茲（Hz）。這種腦波反映的是人類在一種清醒狀態下，並同時出現邏輯思維、分析以及有意識的活動，身體會逐漸呈現緊張狀態，準備隨時因應外在環境作出反應。例如當正在進行各種考試時，就會進入β腦波狀態。

● θ 腦波

當感到睡意朦朧，也就是處於半夢半醒間的潛意識狀態。這時人的精神處於高度鬆弛，例如當人處於靜坐或冥想時，就會產生θ腦波，波長為四至八赫茲（Hz）。

● δ腦波

當各位完全進入深度的無夢睡眠時，血壓和體溫會下降，並進入無意識狀態，這時會產生δ腦波，波長為〇．五至四赫茲（Hz），是最低的腦波活動，人的睡眠品質好壞與δ波有非常直接的關聯。

從現代大腦醫學的角度來看，如果在短時間內想要驗收速記的成果，大腦必須處於α腦波活躍的狀態，如此一來大腦的能量和氧氣才會得到充足的供應，進而促進神經細胞的代謝。因此油漆式速記法建議使用者在準備記憶大量資訊時，首要工作反而是盡可能丟掉想記住的念頭。

使用「油漆式速記系統」速記單字的道理其實很簡單，我們希望讓使用者就像參加一個精心設計的瘦身美容療程，不用去深究哪一個療程的作用，只管全身忘我般地去享受這些專業過程，完成之後就能擁有驚為天人的改變。

特色2：【以速讀為基礎，以學到再也不忘記為最終目的】

●速讀的要領

速讀的功用主要是讓大腦的靈活度提升，讓綜合感官反應變得更敏銳，真正做到「眼明腦快」的目標。速讀能力絕對是每個人與生俱來的能力，只是大部分的人不得其門而入而已。只要有正確的訓練步驟，每個人都可以輕鬆達到閱讀速度大幅提升的目標。

談到現代速讀訓練的起源，應該是源自二次大戰時，美國軍方為了訓練飛行員在高速飛行時能夠精確瞄準遠方飛行中的敵機，而設計一種叫做「速視儀」的裝置。速視儀利用了不同尺寸及速度顯現敵機模擬圖像，藉此加強訓練飛行員高空飛行時的瞬間感知力。

「瞬間感知力」的真正定義到底是什麼？俗稱為「眼力」，就是眼睛開始感知時，瞬間所能接收訊息的理解力，眼力的好壞可以透過訓練方式獲得加強。從生理醫學的角度，眼睛是所有感官中最具優勢的器官，學習速讀的第一要領就是努力訓練眼睛的視神經，讓眼力能更為敏銳。

眼球是藉助六組眼肌來運動，而眼球的轉動靈活度也與閱讀速度息息相關。強化眼力無疑就是要從運動眼球開始，因為迅速有效的眼球活動，往往是決定閱讀速度的重要關鍵，不僅可以提高閱讀速度，還間接活化了大腦的敏捷性。通常當眼球靜止不動時的視野約為一百六十至一百七十度角的扇形範圍，如果**想要加快閱讀速度，第一步就要練習增大視野的眼球運動，讓每一個閱讀視點所攝取的訊息量盡量擴大**。

許多速讀專家將人的眼睛比喻為相機，並把速讀基本原理稱為「眼腦直映」，就是當視線移動時，眼球應隨文字移動而動，並盡量消除大腦中潛在的讀音現象，直接把視覺中樞所感知的文字符號轉換成大腦所能理解的訊息。這樣就像台北到高雄的不靠站直達車，行車時間當然縮短許多。

右腦　圖像聯想：
大漢堡、果汁跟薯條是他今天的早餐。

對於未曾受過速讀訓練的人來說，眼睛對文字符號的感知能力僅為十五度視角，大約為二到四個字的間距，因此多半只能逐字逐句的閱讀。這就是為什麼大多數人看書時，無法一次將整頁內容盡收眼底。經過良好速讀訓練的人，不但能讓視覺器官發揮最大作用，還可以使眼睛和大腦接受訊息的速度趨於同步。

「油漆式速記法」的速讀基本要領就是訓練大家，運用相機鏡頭所呈現的整體感知原理，將眼睛變成廣角鏡頭，並逐步增大每一視點所接收到的訊息。每一眼所看到的文字範圍要盡量擴大，而且不要直接解析文字，就好比是利用大腦對閱讀內容直接照相一般。

當閱讀速度增快時，其實就是在進行一種形式的速讀訓練。各位大可不必擔心，大腦存取眼睛所感知的訊息速度之快，簡直令人難以想像，需要的只是時間來「適應」。雖然一開始會因為速度太快而看不清楚，但很快就能逐步適應。

【Tips】觀念說明

「眼球運動」與「視野」：人類閱讀時，眼球並不是連續不斷地移動，而是進行有規律的忽動與忽停跳動，眼睛只有在眼球處於停止狀態下，才能接收訊息，而眼球停頓點，就稱為「視點」。「視野」就是眼球固定在視點時，所能看到的可能文字範圍。通常正常人兩眼之間的視野會重複，而且相當廣闊。

【隨堂小測驗】

請舉出每天經常碰到的三種場合，可以用來做增大視野練習。

解答：

1 轉動眼球追蹤飛行中的昆蟲。從原本一次只追蹤其中一隻的活動，依序增加所追蹤的數目。

2 當夜深人靜時，躺在床上看著上方，以天花板四個角落點的連線，當作眼球移動的軌跡，右上↓右下↓左上↓左下，循環數次。

3 站在高處的路口俯視下方車潮，將一眼所能見的車流量逐步加大，例如從原本一個路口，增加到兩個路口，依此類推。

●固化記憶的祕訣

不同的記憶可維持不同時間，有的只有幾分鐘壽命，有的卻刻骨銘心，記憶從生命週期來說，包括登錄、儲存、提取和遺忘四個步驟。速讀的作用主要是和登錄階段有關，這個階段的記憶強度稱為「瞬間記憶」。

如何更進一步**鞏固與強化**速讀後的記憶效果呢？以油漆式速記法的速讀原理來說，還**必須配合「速讀」（塑胚）、「回憶重點」（乾燥）與「刺激測驗」（鍛燒）三個工作環節**。這三個環節就好像工人在製作陶瓷的過程，當工人塑胚好後，還得經過乾燥脫水與鍛燒的過程，才能具體成型。例如各位剛速讀完一篇文章後，不妨先休息片刻，泡杯香濃的咖啡，嘗試「回憶」一下剛才文章重點，並努力將一些關鍵情節或詞句簡單書寫下來。回憶重點就是一種複習的動作，學習而不複習，時間隔得愈久，所剩下的記憶就愈少。必須再透過回憶步驟，才能將「瞬間記憶」進一步轉為「短期記憶」。

接下來要談談刺激測驗過程，這個階段更是鞏固記憶的超強黏著劑。例如我們在經由回憶過程寫完重點整理後，不妨拿起剛看完的書本，隨機性地翻幾頁，翻到某頁時，可以利用手掌蓋住下半頁，只重新閱讀上頁，然後自我測驗下半頁的可能文意，隨即迅速拿開手掌，看看下半頁的內容是否和自己判斷相似。

這種揭開謎題般的感受，會產生一種新鮮的心理刺激感，這種自我測驗的過程會對負責保存記憶的「海馬迴」有相當的刺激效果。

透過「回憶重點」才能將瞬間記憶進一步轉為短期記憶。

【Tips】觀念說明

1 瞬間記憶：一切輸入大腦記憶系統的訊息，首先必須通過感覺器官（如眼睛、耳朵、舌頭、皮膚等）產生知覺，當訊息的刺激停止後，這知覺仍可停留極為短暫的時間。感官記憶可容納大量的訊息，不過它僅能短暫地保留這些訊息，稱為瞬間記憶。

2 短期記憶：所記的都是現在發生的事件。若未能即時複習，這些記住過的東西就會遺忘。遺忘短期記憶的原因，主要是記憶本身自然的消退和外界的干擾。短期記憶儲存的容量非常有限，也稱為「工作記憶」。例如各位向查號台查完電話號碼，一旦撥打完畢後，不用一分鐘就會忘記。

3 海馬迴；對於記憶影響很大，橫跨於左右腦中間，是人類的學習中樞，接受各種感官傳來的訊息後，將訊息轉化為記憶，並透過大腦神經元運作將新資訊與儲存的資訊相連結。

左腦 句型思考：
There is no room for another cabinet in the living room.
客廳中沒地方放其他小櫥櫃了。

cabinet
小廚櫃

4 油漆式速記法：觀念【英語學習就在生活中】

在這個進入地球村的新世代，全球化的腳步瞬息萬變，學好外國語成為現代人當務之急的功課，其中文以英語最為普遍。尤其英語是目前國際最為通用的語言，不論走到世界上任何角落，英語無疑都是最佳的溝通工具，而且所有的文獻資料、網站內容與許許多多的學術資源都是以英語表達為主。

擁有國際觀的人才，更是時下企業的最愛，其中英語是職場必備的首要基本條件，畢竟多學會一種語言，資源就多一倍。為了因應國際市場需求，員工除了具備專業技術能力外，語言上的優勢更是提升企業國際競爭力的關鍵，而且學會了英語，能與世界多元文化接軌，並可以從別人的世界反觀自己的文化。

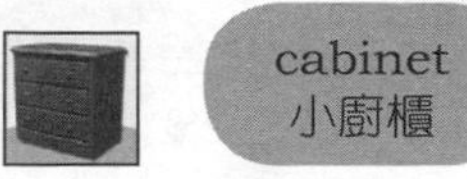

右腦　圖像聯想：
這個小櫥櫃是用上等的檜木做成。

觀念1：【學英語就像刷油漆】將日常生活中與英語的接觸累積起來

● 環境的力量

學英語就像刷油漆，凡刷過必留下痕跡。

語言表達是種習慣，千萬不要硬學硬背，重要在於培養出「語感」（feel）。就像是一位成功的舞者，表演時必須忘記刻板的舞步規則，而是將整個舞蹈動作融入自己的靈魂，這樣的表現才會自然生動。

學英語就好像我們在牆上刷油漆一樣，不論所刷的面積大小，只要曾經刷過，都會留下明顯痕跡。而日常生活中所接受的英語經驗，凡是用英語寫的，你看得到的英語，點點滴滴都會在大腦中累積，愈多的英語訊息進入大腦，就愈容易讓英語在大腦中形成習慣性的邏輯，這就是語感。

左腦　句型思考：
I plan to visit my friend in Japan at Christmas.
我計劃聖誕節到日本探望朋友。

各位經常可以看到許多移民美國的老先生、老太太，出國前不曾學過英語，不過因為身處異鄉，不論是上菜市場、看電視、坐交通工具，身邊到處都是英語，被迫聽與看，時間一久，英語的語感就會奇蹟地出現，雖然他們待在美國沒幾個月，講起英語來似乎就能頭頭是道，大家千萬不要小看這種現象，這就是環境對於英語學習的力量。

學英語到底有什麼捷徑呢？其實只要把你丟進英語的環境，很快你就會被迫或自然學會英語，要學好一種語言，能有那樣的環境最棒。不過並不是每個人都有機會到英語系國家待上幾年，那該怎麼辦呢？此時你必須在自己的日常生活中打造出一個全英語化環境。

例如每天張開眼睛叫你起床的是ＩＣＲＴ廣播、看到的是ＣＮＮ電視或報章雜誌、交談也常用英語；各位成長在國際化且資訊發達的時代，其實相當幸運，因為閱讀和使用英語的環境並不缺乏，就看有沒有努力設法去接近。

●閱讀就像滾雪球

日正當中時，我很喜歡躲到誠品書店裡看書，找個不起眼的角落坐下，順便吹吹免費的冷氣。不論是英語小說或者雜誌，甚至於一段小文章都是我主動閱讀的對象。

閱讀可能是最不受環境限制的學習活動，閱讀的效果就像從山上往下滾的雪球，滾得愈久雪球就愈大，不但能夠累積個人更多的背景知識，而且促使大腦神經元細胞分枝更茂盛，神經迴路連接速度愈快，記憶與學習能力都會有意想不到的大幅提升。

英語進步的程度是累積的，持續廣泛閱讀，就像拿著一把沾滿英語元素的滾筒刷，在大腦皮層中來回滾動地刷，一段時間以後，無論是在聽、說、讀、寫各方面都會有顯著的進步！

其實對許多人來說，閱讀整篇英語絕對是一種很沉重的心理負荷，多

church
教堂

左腦　句型思考：
She never went to church.
她從未去過教堂做禮拜。

半的讀者主要是因為擔心看不懂而產生了不安全感。建議各位開始時不妨先選擇閱讀自己喜歡的短篇文章，千萬不要一開始就挑難度較高的英語報紙或專業雜誌，簡單來說，首先就是要建立信心。

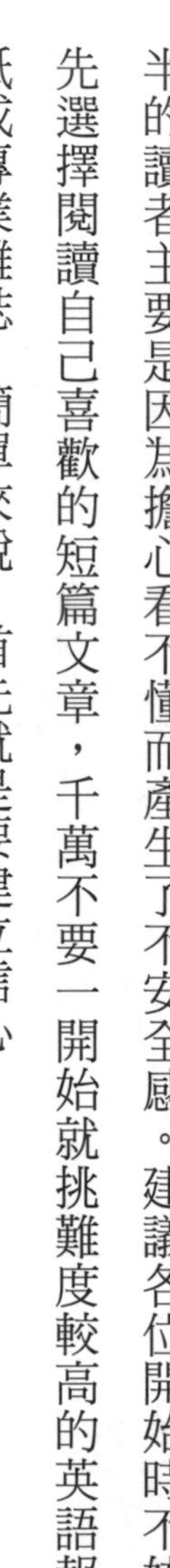

成功決定於感覺，信心才會帶來速度！

這就好比在體育課時走平衡木一樣，如果心裡怕摔倒而只敢在原地磨蹭，那肯定沒走幾步就會因為站不穩而掉下來。反觀那些訓練有素的體操高手，懷著十足信心勇往直前，還能表演出許多花式的高難度動作。

如果是閱讀長篇的文章，要將重點放在了解文章內容，而不是放在分析文法，甚至停下來查字典，這都是降低閱讀速度和樂趣的最大元凶。雖然信心能帶來閱讀速度，但羅馬不是一天造成，有些文章看得快還是不懂。為了協助克服初學者的不安全感，油漆式速記法獨創的「多層次複習」就是一個十分有用的方法。不要期待一次就把文章看懂，多讀幾次才是王道，練習讓自己培養在每次閱讀時，看不懂的地方下一次閱讀再解決的寬容心境，這樣的方法也能讓大腦在當下產生幫助理解的 α 腦波。

● 看影集也算閱讀

廣泛英語閱讀的定義，絕對不是只有限定於書籍或刊物，應該體現在日常生活上，最好能跟隨個人興趣，持續進行大量快速的閱讀，範圍包括現代多元的媒體，例如看影集、瀏覽英語網頁、讀手機上的英語廣告訊息等，都可以算是英語閱讀的理想標的。

其中從看影集學會最新流行的生活英語，更是公認效果相當有效的一種泛讀方式，因為影集不只有平面的字幕，更像是一本具備視覺享受的有聲書，透過影集中人物間鮮活的對話，不但能學到靜態書本中無法表達的語氣變化，還可以讓你的聽力突飛猛進。

我們知道任何語言都是活的，隨時隨地都在不斷變遷演進中，學習陳舊的語言毫無新鮮感。像我們熟悉的中文，十幾年前對介入別人婚姻的第三者稱為狐狸精，最近隨著電視節目的流行用語，大家又習慣把這些角色稱為小三。

台灣的學生經常被外籍老師批評的缺點就是喜歡講正確卻過時的英語，像「She is so miserable.（她很可悲。）」這句話的翻譯跟用法都沒錯，但這是較老式的用法，現在流行的用法應該是「She is so pathetic.（她很可悲。）」因為pathetic是現在當紅的用字。

看影集學英語的重點不在於片子的新舊，也無關乎你是否曾經看過，多看就是有幫助，當然各位也可以根據個人的英語程度或特定學習目標選擇適合的影片。

由於中文是母語，對我們的眼球來說有無比強大的吸引力，只要有中文字幕在那裡，你一定會想看。通常一般人會不自覺透過中文字幕理解英語，只看一遍是不夠的，充其量只能叫娛樂。

右腦　圖像聯想：
用放大鏡觀察螞蟻，可以看得很清楚。

以我之前的經驗來說，通常先以中文字幕看完一遍影集，讓腦海中有些印象，看完後再把中文字幕關掉重看，然後再以英語字幕重看一遍。至於聽力的練習，一開始當然不可能完全聽懂，但通常影集的對話不難，聽久了自然就學會了，而且隨著劇情愈來愈精彩，很快就能聽得懂劇中的每一句台詞。

有些人主張應該重複多看幾次英語字幕，把每套影集當成教科書來研究，甚至於整理影集中的單字來背，這樣刻意的作法對英語系的學生也許效果不錯。我則會建議不如平常多看幾部影集，如果常把學英語的念頭放在腦海中，可能β腦波又會跑出來作怪了。

● 語言代表一種文化

學任何語言的最高目標不是掌握它的表達形式，而是習得語言背後的文化思想！語言不僅僅代表一種溝通方式，語言代表了一種文化，需要長

時間的投注和興趣的培養，要掌握一個國家的語言，必須先了解這個國家

的文化，才能真正融入他們的思想。

因此一個學語言的人，如果不能深入了解當地國家的文化，絕對無法將此語言學得透徹，嘗試了解英語系文化與生活態度，會讓人在潛移默化中突破語言的障礙，除了把英語融入生活，最好還要學習英語文化圈的思維與做事方式。

通常對於國內大多數學習英語的人說來，總覺得英國人和美國人使用的是完全相同的語言，其實英國與美國雖然系出同源，都屬於英語系國家，但是在腔調、口語、表達習慣卻大相逕庭。

以我個人親身的體驗與觀察，英國人具有紳士般溫文儒雅的特質，凡事講求品味、格調和較客氣禮貌的用辭，不過他們保守且不容易接受新的事物，也不太願意與別人分享自己的想法和私事，經常會讓人覺得有種內斂且難以親近的感覺。

coffee
咖啡

右腦　圖像聯想：
這杯咖啡旁邊放了幾顆方糖。

至於美國則是個典型的移民之國，它的祖先來自於全球各地，美國歷史發展中一個相當重要的部分就是西部開發史。美國牛仔的精神就是拓荒者精神，多數的美國人較為豪放不羈，崇尚自由、熱情、容易與人相處。

例如美國人的文化習俗中形成了非常難得的包容性，他們的社會階級觀念相對而言比較淡薄，所以他們沒有家庭世襲的頭銜，對地位、身分並不十分看重。所以英語中的姓氏名稱常用職業頭銜作為稱呼，例如：Smith（代表鐵匠）、Farmer（代表農夫）、Miller（代表磨坊主）、Taylor（代表裁縫師）、Baker（代表麵包師傅）。

美國人以不拘禮節（informality）著稱於世，在實際生活中，許多華爾街上班族通常穿著休閒（casually）、身穿牛仔褲不繫領帶就來參加會議，課堂中教授口沫橫飛，講到忘情處，會突然一屁股坐到講桌上，完全沒有老師的架子。

從文化角度上講，這與他們重視民主平等的觀念息息相關，待人接物時就沒必要過分講究階級式的繁文縟節了。不過不拘小節的方式或髒話當口頭語，有時卻令人不知如何招架。例如他們動不動就把the hell這樣不太文雅的用法掛在言談中，如果各位是女性，建議千萬別使用才好。

「What the hell is the movie?」（這是什麼鬼電影啊？）

「What the hell is he doing?」（他到底在幹什麼勾當？）

除非一個人從事某種專業性工作，如醫生、教授等，美國人平常不喜歡使用正式名銜。這是因為美國人強調彼此間的友好關係，而不重視頭銜地位。美國人認為即使直接稱呼一個人的名字，人們同樣可以從態度上對他表示尊敬，這也包括了父母子女間的關係，因為美國人認為直呼其名，反而更容易表示友善和親切。經常會說：「別叫我克林頓太太，叫我瑪莉好了。」

其實世界上使用英語為母語的國家不少，在台灣所學的也是美式英語，雖然對不同地方的差異性不清楚也無妨，就學習英語的主流文化來說，我建議還是應該以美式英語（American English）為主。畢竟東西方的文化還是有差距，英語字彙的字義都融入了文化涵義，只有認同並了解其文化，才能真正幫助你學習學習用英語來溝通與表達。

例如中國人在文章表現上，較喜歡用一些華麗典雅的詞藻，這點就和美國人大相逕庭。因為現代美國人生活繁忙且緊張，特別講究時間與金錢，近年來許多美國學者都呼籲學生寫作時，盡量不使用長字（long word）或過時字彙（old-fashioned word），例如在描述城市時，使用「city」這個字會比「metropolis」這個字更為適合。

● 英語只是一種溝通工具，重點是要能利用這種工具！

在台灣的英語學習環境，學生都被教育成把英語當成如物理或數學般的理解性知識來學習，每天反覆研究一堆千奇百怪的文法公式，把學習語

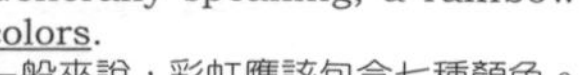

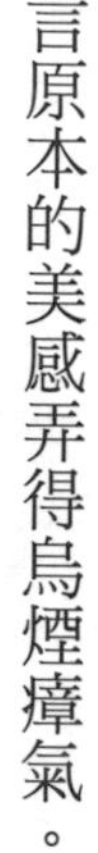

言原本的美感弄得烏煙瘴氣。

的確，國內大多數學生都只是為了考試的結果學英語，而忽略了學英語最重要的就是能與外國人溝通，即使沒有完全聽懂或者沒有百分之百表達語意，只要能說得通，彼此能理解對方想傳達的訊息，就達成了溝通的效果。

就拿當年我準備搭機赴美留學當例子，那時由於自己的預算不多，加上希望能早點適應外國的英語環境，沒有搭乘有著舒適國語服務的華航或長榮，特別選擇了西北航空（Northwest Airline）。

一上飛機後，偷偷往機艙內看去，乘客絕大部分都是高頭大馬的老外，機上的空服員也清一色幾乎是金髮碧眼的美國人。心中不免暗自竊喜，自己從來不曾形單影隻的混在外國人群中，出國前苦練多時的英語，看來等會或許就可以派上用場了，趕緊找到自己的位子，並把隨身行李放好。

飛機高空飛行了一段時間後，突然覺得口有點渴，想向一位空服員要杯冰水喝，自忖這只是段簡單的對話，正準備要開口之際，各種文法規則突然如潮水般衝向腦門，一時半刻間竟然吐不出一個單字來。

心想好歹我剛通過各種留學考試的嚴格考驗，怎麼會遇到這種書到用時方恨少的窘境，後來看到這位小姐眼巴巴看著我的無奈表情，萬般情急之下，只好面紅耳赤的脫口說：「Stewardess, could you give me a cup of ice water?」只看這位空中小姐先是一愣，接著似乎恍然大悟地回說：「OK！」

後來在美國生活久了，回想起這段往事，才知道這段話雖然是符合英語文法的句子，只可惜太過正經八百，也就是不夠口語化（oral style），簡單來說，美國人根本不會這樣講。其實當時我只需要簡單地說：「Ma'am, ice water, please.」不但可以說得通，感覺上也有道地的美國味！

英語表達的重點講究的是言簡意明，尤其是會話，愈口語化愈好，只

左腦　句型思考：
We will take a ride to the <u>country</u> on Sunday.
我們預計星期天騎車到鄉村去。

country
鄉村

要你敢開口說，會話真的是最簡單的一個部分。語言不是拿來考試或者炫耀，語言只是一種生活工具，能用英語溝通，就是好英語！

觀念2：【油漆式速記法教大家如何Happy學英語】輕鬆樂活學英語

對於正在努力學英語的讀者而言，最大的抱怨就是嫌自己的記性不好，沒有辦法一股腦地將這些陌生的單字、音標、文法等英語元素塞進大腦中。其實天底下並沒有記性不好這件事，只是有沒有下定決心來開發大腦的無限潛能。

許多最新的研究報告指出，平常就要勇於面對新環境，嘗試新方法，通過改變習慣動作和傳統思維可以加強對大腦的刺激，讓思路變得愈來愈敏捷。想要善用大腦，其實非常很簡單，其中「感興趣」就是開發大腦能量的源頭。**對**

於自己有興趣的東西，大腦就很積極，記憶與學習效果也會特別好。

油漆式速記法本身就是一套大腦潛能開發的方法，任何能夠讓大腦感興趣的學習方法，往往都會有事半功倍的效果，如果能夠把英語學習融合在自己有興趣的休閒娛樂裡，就能真正做到輕鬆樂活學英語！

【Tips】觀念說明

大腦的學習效果：當各位遇到感興趣的事物與愉快的狀況下，除了腦波會呈現「α波」狀態，大腦也會自然釋出一種名為「安多芬」（endorphin）的荷爾蒙，俗稱腦內嗎啡，這種荷爾蒙對於腦神經元的連結有非常大的幫助，還能提高人體的免疫機能。

左腦 句型思考：
A lot of people were killed in the car crash.
許多人在車禍意外中喪生了。

享受一個人的旅行

學英語本來就該時時刻刻保持新鮮感並充滿期待，許多人學英語的動力就是想環遊世界，體驗不同的人生和文化經歷，國外旅行便提供了快速學好英語的機會。

其實到外地去旅遊，不妨多嘗試幾種新鮮而且能接觸老外的方式，各位別忘記了，改變是讓大腦變聰明的主要原因。例如在國外旅遊時，購物（shopping）是最常見的經驗，當然也是練習英語會話的大好機會。通常懂得購物的門道及技巧，一定可以買到物美價廉的便宜貨，唯一技巧就是——「貨比三家不吃虧」。

入住到國外旅館當然是一個自我練習英語的好選擇，因為服務人員多半訓練有素，稱得上是各位最友善的英語老師。即使你說著一口破英語，他們也都會很有耐心地傾聽與回答。我每次在旅館中最大的樂趣是盡量找

crash
碰撞

右腦　圖像聯想：
一台轎車意外撞上了計程車。

機會跟不同的服務人員交談，經常會有學習上的小驚喜。

到國外除了能體驗不同的民俗風情，嘗試不同的美食也是很大的樂趣及享受！想學好英語，從吃方面著手是一條捷徑。在國外餐廳點菜可是一門大學問，不過也是一個好機會，在餐桌上也是學習英語的極佳場所，包括了菜單字彙、用餐對話與服裝禮儀等。

在國外餐廳看菜單時，看不懂的菜名千萬要問個清楚，否則會啞巴吃黃蓮，有苦說不出了。另外分量也不要叫太多，尤其是歐美人士一人份的量大概夠我們兩個人吃都綽綽有餘了。像是refreshments和dessert在菜單上都可以當成「點心」來使用，但refreshments是包含餐後整套的飲料或甜品。dessert指的則是單點如布丁、水果餅等甜品，使用上也較為普遍。

● 運動不忘學英語

運動是生活中最能表現青春活力與朝氣的方式，各位平常就應該培養喜歡的運動，進而收看國外的運動賽事轉播，如果能夠懂基本比賽規則，邊看邊猜播報員的意思也是種英語速成的學習方法。

例如美國人對美式橄欖球（football）非常瘋狂，所以許多美國俚語也都常從美式橄欖球術語發展而成。就像quarterback在美式橄欖球中是四分衛的意思，四分衛是進攻組的領袖，也是全隊中的靈魂人物，排在中鋒的後面，在進攻線的中央，通常輸贏都是壓寶在他身上。

由於球賽多半在星期天下午，到了週一早晨上班時，大夥總是聚在一起對昨天的球賽大放厥詞，所以「Monday morning quarterback」（週一早上的四分衛）通常就是用來形容那些喜歡放馬後砲的大嘴巴。

再談到棒球，相信周遭許多人都會自認為是棒球專家，喜歡侃侃而談他的棒球經。棒球也是美國人最熱愛的職業運動之一，許多人甚為著迷，美國職棒在例行賽時，每逢有熱門球隊出賽時，每場至少有幾萬名瘋狂的觀眾，場邊賣熱狗漢堡的小販更是到處穿梭，觀眾經常隨著球賽進行的狀

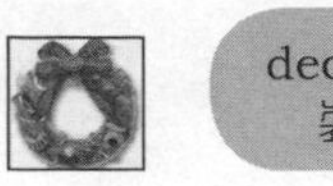

右腦　圖像聯想：
這個花環要拿來裝飾聖誕舞會。

況歡呼鼓噪，遇到了季後賽更不用說了，簡直就到了一票難求的盛況。這種情形也影響了英語單字的用法，例如球場上的觀眾，老美就會使用fans（粉絲）這個字，用來表現滿高度熱情的味道，而不會使用如audience（觀眾）這個較為平凡的單字。

觀念3：【油漆式速記法要配合整體生活進行】油漆式健康功課表

● 腦細胞更活化，學習語言成效更好

小時候常聽長輩們說：「多吃魚，頭腦才會變聰明。」這句話還真是一語道出了食物對於大腦的影響，為了讓腦細胞更加活化，就必須攝取對大腦有益的食物，才能提高記憶與學習能力。因此在使用油漆式速記系統

左腦 句型思考：
He spent twenty five thousand dollars buying a model car.
他花了兩萬五千元買了一台模型車。

dollar
元

訓練期間，眼睛與大腦必須長時間速讀與記憶，如果能夠同步配合其他後天的保健方式，將會有更好的學習成效。

例如我們在指導學生使用單字速記系統時，都會建議他們在**每日起床時，不妨空腹喝杯紅蘿蔔汁，因為紅蘿蔔中含豐富的胡蘿蔔素及維他命A，不但可以保健眼睛，並能加快大腦的新陳代謝，進而提高記憶力**。

早上起床時，往往就是大腦最缺乏能量的時候，因此訓練期間建議各位**一定要吃早餐**，不吃早餐會讓記憶力變差，注意力也會不集中。由於腦神經細胞中有約百分之三十五是蛋白質構成，多吃含蛋白質的食物，會使得神經元代謝更為活潑，**早餐時可以喝杯微甜的溫鮮奶與一份少鹽的蒸蛋，對蛋白質的補充十分有幫助**。

至於**睡眠**，就好像電腦每天必須的停機時間（shut down），**可以讓這些之前高速運作的神經軸突得到休息的機會，並能藉此整理一些不重要的零碎記憶與修補受損的腦神經細胞**。

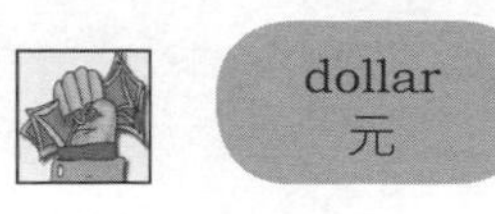

dollar
元

右腦 圖像聯想：
我手上握著幾百元的美金鈔票。

根據醫學統計指出，人的一天之中有兩個生理高峰期。第一個峰期約在凌晨一到二點；第二個峰期則是在下午一到二點。順應生物時鐘適時而眠，才能讓大腦得到最佳的休息。尤其**中午時不妨睡個午覺**，是最自然的睡眠行為，**可以大幅提升下午的學習效率**。

運動能增加腦力嗎？當然可以！英國「每日郵報」（Daily Mail）就曾報導，即使是緩和的運動，都能讓腦袋愈來愈靈光。因為**運動能讓大腦神經元連結更有效率。想提升記憶力，不僅要動腦更要每天都動動身體**。

適當的運動除了可以加強人體的心肺功能，以維持我們日常工作和學習所需要的精神和體力，更能夠幫助我們刺激血液循環的流通量，產生促使血管舒張的一氧化氮。

當血流量增加時，就表示能運送愈多的帶氧血紅素與葡萄糖到大腦神經元，並促進大腦分泌「神經營養因子」（Brain-Derived Neurotrophic Factor, BDNF），它是海馬迴中一種幫助神經生長的蛋白質。請各位回想看看，每次運動完後，是不是全身都充滿活力，心情也都容易正向思考。

在我們使用油漆式速記系統期間，如果能特別注意保持每日運動的習慣，比如起床後去跑步或游泳，或者在黃昏時去打場籃球，藉由規律的運動，一定會加強速記單字的成效。

【Tips】觀念說明

「紅蘿蔔汁」所含「維生素A」的功效：視網膜桿狀細胞中的「視紫紅質」（rhodopsin）是維持視力相當重要的感光物質，能使眼睛適應光線之變化，對於長期操作電腦的使用者來說，很容易造成「視紫紅質」的消耗，而視紫紅質主要是由維生素A合成。

Chapter 2

油漆式速記法與全腦訓練。

1 油漆式速記法與全腦訓練：引言

一切知識不過是記憶

大哲學家柏拉圖說過：「一切知識不過是記憶而已。」

市面上優良的英語教學法五花八門，也各自都有不錯的立論，但都是強調英語是一門累積漸進的學問，即使是你高中學會的內容也可能會在大學的課程中出現。學好英語絕對沒有捷徑，千萬不要夢想一步登天，英語可不像超商的微波食品，打開包裝，微波後就可以大口享用。

許多傳統英語教學專家更誇大地形容學英語通常是笑著開始，哭著結束。目的就是不斷強調學好英語是門天大的學問，似乎沒有下過鐵杵磨成針的功夫，就不要夢想自己能擁有優秀的英語能力。然而就是這種善意的忠告，對許

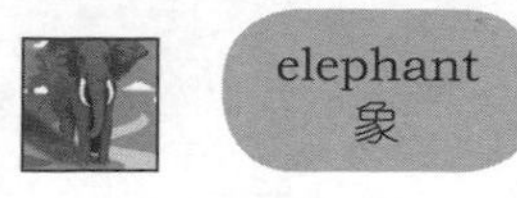

右腦　圖像聯想：
有隻大象向我們走過來。

多莘莘學子來說，在學習英語前就先帶來可怕的陰影。

人類所有的學習都是一種知識累積的過程，而知識的累積必須靠記憶來維持。對於母語非英語的學生而言，學英語最累人的地方無非就是需要非常好的記憶力，記憶力的好壞當然直接影響到學習效果。

例如，剛學習到一個新的英語句子，會先把它記錄在大腦的「短期記憶區」裡，那是隨時準備刪除的短期記憶，除非你每天複習這個句子總數達到數十遍，大腦才會把它存進「長期記憶區」，否則你學英語便會隨學隨忘。

學英語難道沒有速成的好方法嗎？當然有，好方法就是讓大腦來幫忙你學英語。各位如果學英語很吃力，肯定是沒有好好開發大腦的記憶潛力！我們知道學英語的過程中，需要花費許多時間在記單字與文法規則，只要縮短這些冗長的記憶階段，就能幫助各位直接與快速地進入語言學習的大門。

天然的尚好

「天然的尚好！」這是一句很熱門的電視廣告詞。

本書介紹的「油漆式速記法」就是一套最天然的記憶法，能夠直接開發你的大腦潛能來增強記憶力。不同於市面上許多紙上談兵的速憶術，只是單純利用聯想法、諧音法和心智圖等記憶學理論來強化記憶力。

一個人愈常運用大腦思考或學習，大腦的神經迴路愈順暢，記憶力自然就會愈好。簡單來說，**油漆式速記法主張，記憶力的好壞與飲食、運動、經驗，甚至於後天閱讀習慣都是息息相關。**

例如許多老人癡呆疾病的發生原因，並非來自身體老化，而是因為生活缺乏刺激，大腦沒有足夠的活化運動。許多研究也證明，平日常玩西洋棋、橋牌、打麻將的老人，比不玩遊戲的老年人減少一半以上罹患失智症的機率。

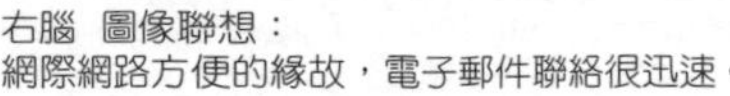

天底下絕對沒有記憶力不好這件事，只是有沒有下定決心來開發大腦的潛能。大腦就和肌肉一樣，必須勤於鍛練才會有更好的功能。油漆式速記法能夠快速增進記憶力與閱讀能力，讓各位在短時間內輕鬆學好英語。

油漆式速記法與英語單字

● 單字的愛恨情仇

不論你認不認同背單字的重要，判斷一個人的英語程度，單字量的多寡確實占了一個重要的位置。英語能力和字彙能力絕對是成正比的，許多人沒有打好英語基礎最主要的原因就在於認識的單字有限，雖然單字不是萬能，但英語要好，少了單字可真的是萬萬不能了。

大部分英語聽力不好的人，對別人流利的對話經常是鴨子聽雷，歸咎原因多半是因為有些單字聽不懂，接續而來的談話自然也就愈聽愈迷糊了。

抑或是閱讀英語報紙時，只要遇到不認識的單字，大多會停下來查字典，這樣學習的過程一直被中斷，不但會削弱想學英語的耐性，也無法真正體驗與英語接觸的樂趣。

背單字算是學英語最基本的工夫，這一點大家一定非常贊同。單字懂得愈多，使用起英語來自然如魚得水，有了足夠的單字量，才能如古人所說的：「熟讀唐詩三百首，不會作詩也會吟！」反之，就如同「巧婦難為無米之炊」。

如果想要好好提升英語聽、說、讀、寫的能力，就得記下一定數量的單字才行！油漆式速記法對於學習英語的最佳建議，就是希望在最短時間內幫助學習者能記下大量單字。

右腦　圖像聯想：
橡皮擦是學生每天必備的文具。

● 油漆式速記法背單字

背單字，是個不折不扣的小問題，但是背大量單字，可真是一個如假包換的大工程。我發現有許多學生在背單字時，最常見的現象是對著每個單字念念有詞，手上還拿著原子筆不停抄寫，以為每個單字記憶的時間愈久，就能記得愈牢，這個想法其實大錯特錯。

對於一切輸入大腦記憶系統的訊息，首先必須通過感覺器官（如眼睛、耳朵、舌頭、皮膚等）產生知覺，當訊息的刺激停止後，這知覺仍可停留極為短暫的時間，稱為「瞬間記憶」或「感官記憶」。這種記憶可以容納大量的訊息，但這些訊息的保留卻非常短暫。例如當你經過一條路，路上有很多的招牌與商店，經過時的瞬間腦海中可能有一點印象，但走完這段路後大概就全忘光了。

背單字時的記憶就是屬於瞬間記憶，它是一種未經任何加工的形式，

左腦　句型思考：
Her brother gets <u>excellent</u> grades on his report.
她哥哥的報告得到了特優的分數。

excellent
特優的

對外界訊息最原始反應的一種感官記憶，即使當下你花再多時間，對這個單字的記憶效果都非常有限。

背單字時絕對不要卡在某個單字上，以為字母多一點的單字要花的時間較多，其實對大腦而言哪有什麼長短之分，每個單字平均只要花二到三秒來背就可以達到同樣的瞬間記憶效果。短時間背大量單字的概念就像是現代化工廠中的一貫化作業生產線，將每個產品的製造時間平均化，這樣才能夠大量生產。

為什麼油漆式速記法特別強調要大量背單字，因為大腦這種器官向來是遇強則強，輸入大腦記憶的單字量愈大，反而會記得愈快，從學英語的角度來說，能夠愈快擁有更多的單字，英語學好的機率就愈大。

速讀的真正價值在於，為了大量輸入，而忽略某些不切實際的精確要求。

許多英語單字可能有數個不同的中文解釋，為了符合油漆式的速讀原

excellent
特優的

右腦　圖像聯想：
我得到一面全校演講比賽的特優獎牌。

則，剛開始只要認識這個單字的單一中文解釋即可。我們要求的是認識（recognize）大量單字，而不是馬上記熟（memorize）其中的每一個單字，所以不用要求每個字母都得精準地記憶下來，不過要做到看到某個單字，就能馬上轉換它的中文詞意。

背單字還有一種怪現象，就是各位也許可以在十分鐘內背完十個字，但是絕不可能一百分鐘連續背上一百個字，照這種速度，一年也背不完兩千個單字。主要的原因在於這種逐字背的方式，容易造成心理上的壓力，同時會產生大量的β腦波，在此狀態下人的身心能量耗費劇烈，很快就會疲倦。

想記的念頭愈強，大腦的記憶中樞反而陷入空轉。

許多人對於「記不住」這個念頭有著與生俱來的恐懼，常常在背單字時，怕忘了剛才背過的單字，忍不住又回頭去想，正因為想記的念頭愈強，「交感神經」異常的收縮動作，反而使大腦的記憶中樞陷入空轉，愈是記不起來。

以背大量單字為目標，千萬要放鬆心情，就算忘了一些，但記住的單字還是居多，效率還是比你慢慢背單字好太多了，就像我們刷油漆時有些地方沒有刷到，下一次再刷時就可補齊。

如果第一次有遺忘的單字，還可在第二次複習時補強，這也符合油漆式速記法的多層次複習理念：「永遠期待下一次的複習，再彌補前一次某些可容許範圍內的遺忘。」記憶而不複習，時間隔愈久，所剩下的瞬間記憶就會消失，透過日後多層次複習的動作，才能將瞬間記憶進一步轉為短期記憶。

油漆式速記單字理論就是一種將單字快速建立為長期記憶的過程，除了以上的原則外，還特別融合了右腦圖像與左腦分析記憶的技巧，讓各位所背的單字在短時間內真正轉為長期記憶。將在後續的章節中為各位詳加介紹。

expensive
昂貴的

右腦　圖像聯想：
這只寶石戒指的價格非常昂貴。

【Tips】觀念說明

1 「交感神經」與「記憶力」：「交感神經」屬於身體自律神經系統的一部分，讓人體能即時應付外來的緊急狀況，交感神經亢奮會造成大腦缺氧，讓血液循環不流暢，甚至於引起瞳孔放大、視幅縮小等問題，最後就會造成記憶力衰退。好比大家在考試當下，愈想記起原本背得滾瓜爛熟的公式，卻發現自己腦海中一片空白。

2 「瞬間記憶」→「短期記憶」→「長期記憶」：長期記憶接管了從瞬間記憶和短期記憶所轉入的訊息，它儲存訊息的時間長，具有無限容量、無限期儲存的優點。長期記憶的訊息內容多半經過整理與歸類，是以組織狀態被儲存起來，游泳就是屬於長期記憶，例如只要學會如何游泳，即使十年未游泳，也不會忘記。

fair
公平的

左腦　句型思考：
John is known to be a fair judge.
約翰擁有好名聲是因為他是個公平的法官。

油漆式速記法與文法、英語句型

● 千萬不要學文法

任何語言的文法規則都是經過千百年演變的結晶，代表了該地區特有的文化與藝術特色。文法不是語言的憲法，只是一種對語言慣例進行全面整理的系統描述，它本身不是僵硬的東西，實際應用才最重要。

現在許多文法老師都用填鴨式的教學方法，將文法規則編輯得有如法律條文，更要求學生做到倒背如流。這樣的作法讓學生在使用英語時，都要經過深思熟慮該用哪條文法規則才適當，完全失去了溝通表達的意義。例如要他說幾句英語，卻吞吞吐吐，或者請他寫幾句英語，也是頭皮發麻，半天寫不出幾個字。

請問各位在說中文時會先去想想文法結構是否無誤之後再說出口嗎？

fair
公平的

右腦　圖像聯想：
看到天平就會想到公平的重要性。

肯定不會！當然老外在說英語的時候也完全不會去思考任何文法規則！為什麼許多人都只能說些簡單的句子，不是不懂文法，而是平常沒有使用文法句型的習慣，反應出他們學英語時都只片斷地記憶某些單字、片語或是文法規則。

千萬別學文法！這是要學好英語的首要規則。

了解英語其實不需要靠文法書的規則，千萬不要像在研究數學一樣，語言是活潑有生命的，文法的規範也不過是習慣成自然，文法書最好是在學習句型和單字一年半載之後，再當作輔助的參考書籍，在有疑惑的時候才去查閱。

我主張學習文法應該從閱讀短篇文章開始，文章看得夠多之後，文法能力會自然地建立。油漆式速記法提出大量速讀短文與多層次複習的精神，會讓大腦累積豐富的英語背景知識，再配合重複複習來加強效果，文法規則會在潛移默化中融入語言中樞。這麼一來，文法已不再是冰冷的語言規則，而是自然而然的語言習慣。

文法是造句的規則

英語學習從來都不脫離語法和句子結構，從語言結構學來看，句子才是最基本的語意單位，單字反而不是主角。除非能像電影「駭客任務」的主角一樣，可以直接將程式晶片灌到大腦裡那樣神奇，否則英語要好，句型的長期訓練絕對不能少。句型的應用扮演著很重要的角色，更能豐富你的日常口語表達，任何語言都一樣，想要靈活使用，就要根據正確的句型把單字組織上去。

各位千萬不要以為學英語只要記好單字，就可以不去管相關例句，因為很可能過了一段時間，就會完全忘掉這個單字，而且就算勉強記住了，在語言溝通上也不知道如何靈活使用它。油漆式速記法中全腦學習的概念，就是配合右腦聯想記憶與左腦分析的原則，讓學習英語變成左右腦共

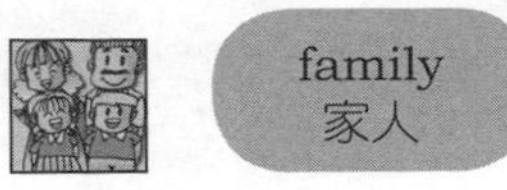

右腦 圖像聯想：
家庭成員有爸爸、媽媽、兒子、女兒。

嗚下的雙贏效果。

此外，文法就是英語所有的造句規則，與其分析合不合文法，真正需要的其實是分析句子結構，不要花時間猛背一些冷僻的文法怪例，而應該多花在英語句子的研讀，因此**想流暢說英語之前，必須累積足夠的英語句型觀念**。

除了大量閱讀短文之外，從整個句子學習文法也是最佳的捷徑，如果能正確應用，確實沒有必要對文法追根究柢。當時間久了，學到的句子會牢牢地記在腦袋裡，變成一種直覺，根本不需要思考就可以反應了。

例如當你在閱讀英語報紙、小說時，就算遇到再長的句子或複雜的結構，如果各位已經把研究文法的時間用來閱讀、熟悉生活周邊出現的英語句子，你將「直覺式」地化解這些困難，任何英語都難不倒你。

讓英語變成大腦語言中樞中一個直覺式邏輯，在使用時讓你的舌尖與

左腦 句型思考：
Mr. Williams is the owner of the <u>farm</u>.
威廉先生是這座農場的主人。

farm
農場

指尖超越你的思考速度，這樣就能說得好與寫得好。不懂文法也能講，因為在學英語會話的同時，文法就已經在句子裡了。徹底拋開文法，不要因為用錯就打斷了溝通的流暢性。

farm
農場

右腦　圖像聯想：
一望無際的農場上有許多牛羊。

2 油漆式速記法與右腦訓練：運用右腦圖像學習英語單字

大腦專家認為多數人終其一生只運用了約百分之三的大腦，其餘的百分之九十七都以沉睡狀態蘊藏在右腦潛能中。由於一般人的右腦幾乎長期處於壓抑的狀況，因而日漸喪失功能，這也造成了左右腦失衡，除非靠後天努力開發與培養，才得以將自己的潛能發揮出來。

左腦的主要功用是把外界接收到的訊息轉換成語言或文字模式，屬於「線性處理」型態的一種短期記憶。右腦則具備將所見所聞的事物，全部轉化為圖像化記憶的能力，右腦可處理的記憶量遠遠超出左腦的一百萬倍，以右腦進行圖像記憶，可以在最短的時間內，將大量訊息儲存於長期記憶中。

圖像可以快速加深我們的記憶，例如我們花了一個半小時就看完《哈利波

左腦 句型思考：
Don't forget to turn off the faucet.
水龍頭用完要記得關掉。

faucet
水龍頭

特》的電影，多年後在腦海裡仍然記得劇中場景。如果是閱讀小說原著，不但可能花上三天三夜也看不完，幾個月後印象就可能十分模糊了。

人類的語言能力大都由左腦掌控，右腦則負責辨識圖像與空間。例如有個老外在捷運站用英語問你，到士林夜市該怎麼走？習慣用左腦思考的人馬上會想到這是哪種句型？為什麼用這種文法結構呢？自己又該用哪個句子回答較好？

不過經常使用右腦思考的人就不同了，腦海中立刻浮現的是到士林夜市沿路經過捷運站的景象，包括了車箱內擁擠的人群與夜市中美味的小吃，會不加思索地直接以英語回答對方。

因此英語要學好，就要善於利用右腦。利用右腦學習英語，能讓語言表達充滿感性與創新，所表現出來的是直覺式的快速語感，而不會出現翻譯式的中式英語。

faucet
水龍頭

右腦　圖像聯想：
水龍頭忘了關，水不斷流出來。

右腦有氧體操

「食補大於藥補，科學補又大於食補！」

所謂的科學補，就是透過右腦有氧體操來開發更佳的右腦記憶力。充分活用右腦，能夠將潛藏在腦內未被開發的潛能發揮出來，為了達到這個目的，就必須讓右腦做做有氧體操，以期激發最大化的腦力潛能。

改變是大腦的本性，長期養成的習慣往往是讓右腦衰退的大敵，所以即使原先習慣右手的人，試著多用左手操作，最簡單的方法是左手和左手指的運動。因為左半身器官的運動也會刺激右腦，像是選按滑鼠、投籃、拿筷子和打電話等。

偶爾如果能試著欣賞不同的表演節目，或觀看平常不看的運動節目，逛逛不同風格的餐廳，看一些稀奇古怪的漫畫，勇於嘗試沒吃過的菜色等等，同樣也能激發我們的右腦潛能。

當然平常多進行圖像式思考，透過影像資訊給予大腦深刻記憶的練習，就是開發右腦潛能的最好方法。例如我們背英語單字時，最好能把呆板的英語字母轉換成活潑的右腦圖像，就可到收事半功倍的記憶效果，十天內就有可能記下一千個英語單字。

聲音是右腦的靈魂

任何一種語言的靈魂都在於它的聲音，而不是文法或結構。中文和英語最基本的差別是中文字的音跟字本身的關係不大，英語則屬於拼音語言，聲音與字形相互關聯，單字跟發音之間有著十分密切的關係。

台灣許多老師多半都把音標當成中文的注音符號，這樣的教學方法把英語最重要的發音跟文字的連結關係給破壞了。對英語的發音沒有掌握好的結果，就造成了台灣學生英語筆試的成績不錯，但是始終無法和外國人對話。

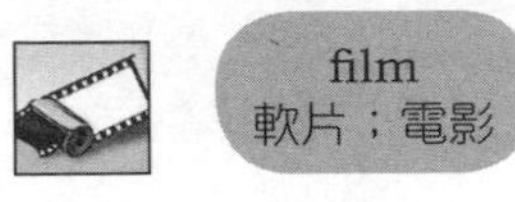

film
軟片；電影

右腦 圖像聯想：
這捲軟片的照片還沒沖洗出來。

聽力訓練則是英語學習過程中非常重要的一環，如果聽不懂對方說話的內容，就無法理解各種資訊，更無法順利地組織語言。

右腦俗稱為音樂腦，擁有卓越的造型能力和敏感聽覺，所以它有絕對的音感。聲音是歸右腦處理的，要突破聽力瓶頸，右腦就要發揮輔助的功用。

例如我們可以在空閒時多聽些不同旋律的英語歌曲，不但可以增進英語聽力和學好英語發音，同時從歌詞中可以學到不少單字，提升英語理解能力。平常喜歡聽中文流行歌曲的朋友，不如鼓起勇氣試試聽繞舌加搖滾的英語歌曲，即使是行為上小小的改變，也會讓右腦開始思考，並對大腦皮層產生良性刺激。

因為對這些未知英語歌曲的好奇與探索，讓它們對右腦潛能產生更正向的反應，尤其當右腦潛移默化中所產生的共鳴，會讓大腦產生適合學習的α腦波，具有事半功倍的效果。

圖片優勢效應

「油漆式速記法」能夠幫助大家在短時間內記住大量單字的原理，除了圖像記憶的功用，最重要就是必須包含聯想力的應用。例如在背單字時，馬上達到右腦圖像記憶並不容易，也非一朝一夕就可以做到，各位首先要學習如何將字母組成的英語單字，透過聯想力轉換成輔助記憶的右腦圖像。

對背單字來說，卡通化、誇張化、色彩化是三個圖像聯想基本原則。腦海中的圖像愈生動鮮明，記憶就愈持久，所以圖像的生動化是速記成效的一個重要關鍵。

愈是前所未見、荒誕不經的事物，就愈容易在腦海中產生深刻的印象，原因在於大腦特別容易記住具有強烈感官刺激的資訊。輸入大腦的訊息愈具備視覺化的效果，對於感知與記憶的效果就會愈好，這種現象我們稱為「圖片優勢效應」（pictorial superiority effect）。

finger
手指

右腦　圖像聯想：
他伸出手指比了勝利的V手勢。

講到「柳丁」（orange）這個單字，可以輕而易舉想到桌上一顆黃澄澄的球狀物，而提到熊貓（panda），不妨想像成《功夫熊貓》電影中，那隻活蹦亂跳學武功的阿波，一副圓滾滾又好吃懶做的模樣。

不過有些單字就很抽象了，無法馬上以具象的圖形表現，此時就可以象徵性的人事物來替換。例如「夢想」（dream）一詞雖然沒有具體的意象，但不妨以美國新任總統「歐巴馬」的形象做代表，畢竟他實現了美國建國以來，非裔移民們最大的夢想。

超右腦速記單字

前面我滔滔不絕地講了一堆理論，相信各位可能還無法真實體驗右腦圖像記憶單字的功效。接下來我們將利用下圖內的十個單字來做練習，每個單字以

左腦 句型思考：
Letting off firecrackers can be dangerous.
放鞭炮是危險的。

firecracker
鞭炮

二到三秒的時間速讀一遍。在看單字的同時，請立即為單字創造右腦的視覺圖像，並對應一個中文解釋來快速理解。

上述過程請重複二到三次，依照各位的熟悉度而定，並把握住本章所建議的聯想原則，請直接選擇第一個中文意思來創造圖像，那通常也是這個單字使用頻率最高的中文意義。各位在看到每一個單字的同時，理解加上聯想，先大致拼湊出個別圖像的架構，並對應一個中文詞意快速理解。下頁是我們所設計與提供的十個右腦圖像建議，各位當然可以各自發揮想像力，天馬行空自行創造。

超右腦單字訓練 【練習一】 STEP1：速讀單字

bachelor [`bætʃələ˞] n. 學士；未婚男子
vegetarian [ˏvɛdʒə`tɛrɪən] n. 素食者
wallet [`walɪt] n. 皮包
shriek [ʃrik] v. 尖叫
ache [ek] n. 疼痛
admiration [ˏædmə`reʃən] n. 讚嘆；欽佩
accomplice [ə`kamplɪs] n. 共犯
jail [dʒel] n. 牢獄
hail [hel] v. 為……歡呼
vehicle [`viɪk!] n. 車輛；陸上交通工具

firecracker
鞭炮

右腦 圖像聯想：
大鞭炮通常是賀新年用的。

超右腦單字訓練 【練習一】 STEP2：右腦圖像聯想

bachelor 學士

右腦聯想建議：

在畢業典禮上，頭戴垂著帽穗的學士帽，手上捧著畢業證書，一看就知道是從大學畢業的人。

vegetarian 素食者

右腦聯想建議：

雙手合十的光頭小和尚，身邊圍繞著青椒、紅蘿蔔、花椰菜、磨菇等素食常吃的蔬菜。

wallet 皮包

右腦聯想建議：

太太小姐們手上那些五顏六色的包包，有皮夾、小錢包、皮製小旅行袋等。

shriek 尖叫

右腦聯想建議：

一個小朋友突然發現爸爸媽媽不見了，放開嗓子拚命大叫。

ache 疼痛

右腦聯想建議：

一個全身纏滿了繃帶的病人，還得拄著拐杖才能走路，光看樣子就知道一定痛得要命。

左腦 句型思考：
During blackouts, if flashlights are available, then candles will be useless.
停電期間要是有手電筒的話，蠟燭就無用武之地。

flashlight
手電筒

admiration 讚嘆

admiration

右腦聯想建議：
某人看到一件精美絕倫的藝術品，滿臉興奮忍不住豎起大姆指大聲叫好。

accomplice 共犯

accomplice

右腦聯想建議：
監獄中兩個被銬在一起的囚犯，是一對狼狽為奸的難兄難弟。

jail 牢獄

jail

右腦聯想建議：
一個被關在鐵窗內的犯人，哭喪著臉拉著鐵桿，渴望得到自由的樣子。

hail 為……歡呼

hail

右腦聯想建議：
兩個打扮清涼的啦啦隊隊員，揮動著彩球載歌載舞地喝采。

vehicle 車輛

vehicle

右腦聯想建議：
一堆功用不同的陸上交通工具，例如汽車、摩托車、大貨車等。

flashlight
手電筒

右腦　圖像聯想：
手電筒在颱風夜停電時可以用。

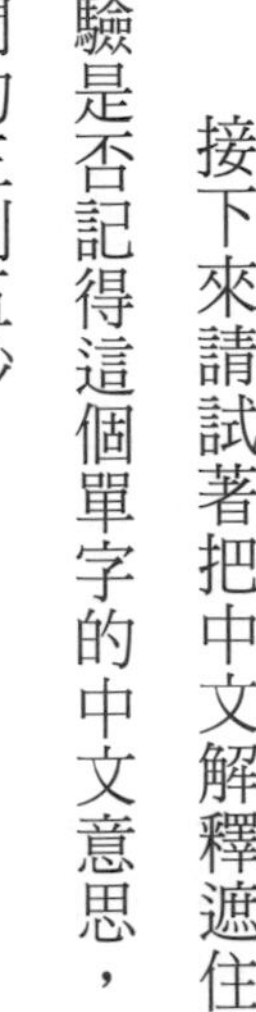

接下來請試著把中文解釋遮住，並測驗是否記得這個單字的中文意思，思考時間約三到五秒。

此時你會發現一看到這些單字，腦海會先顯現剛才的圖像，然後才出現中文字意，這就是右腦記憶的好處。初學者要快速達到右腦成像的效果並不容易，需要多多練習，書中只是建議的圖像，各位一定要嘗試刻畫出屬於自己的右腦圖像。

接下來我們再練習十個單字，每個單字還是以二到三秒的時間速讀一遍，也請選擇第一個中文意思來創造右腦圖像，學習過程試著縮短，請重複兩次即可。

超右腦單字訓練　【練習一】　STEP3：遮住中文解釋複習單字

bachelor　[`bætʃələ˞]
vegetarian　[ˏvɛdʒə`tɛrɪən]
wallet　[`walɪt]
shriek　[ʃrik]
ache　[ek]
admiration　[ˏædmə`reʃən]
accomplice　[ə`kamplɪs]
jail　[dʒel]
hail　[hel]
vehicle　[`viɪk!]

左腦 句型思考：
My favorite <u>flower</u> is the rose.
我最喜歡的花是玫瑰。

flower
花

下頁是我們對這十個字的創意圖像，各位不妨自行參考練習。

接下來還是把中文解釋遮住，並逐字測驗是否記得單字的中文意思，思考時間縮短成二到三秒間。接著揭開遮住的部分，各位會發現雖然縮短閱讀次數與時間，但圖像的影像卻愈來愈清晰，答對的正確率愈來愈高。

讀者可以利用這種方法快速記憶單字，有了背誦兩百到三百字的經驗後，可以減少圖文並列的背誦單字次數，好比之前必須想三遍，在有記憶經驗後只要想兩遍即可。這是因為各位速讀記憶的能力逐步增強，任何單字的記憶時間

超右腦單字訓練 【練習二】 STEP1：速讀單字

intricate [ˋɪntrəkɪt] adj. 複雜的；難懂的
celebrate [ˋsɛlə͵bret] v. 慶祝
weather [ˋwɛðɚ] n. 天氣
versatile [ˋvɝsət!] adj. 多才多藝的
weapon [ˋwɛpən] n. 武器；兵器
hack [hæk] v. 砍
creep [krip] v. 爬行；潛行
contentious [kənˋtɛnʃəs] adj. 好爭吵的
abate [əˋbet] v. 平息；減退
accuracy [ˋækjərəsɪ] n. 精確；正確

超右腦單字訓練 【練習二】 STEP2：右腦圖像聯想

intricate 難懂的

右腦聯想建議：

想想當學生在考試時，看到一題想破了腦筋都解決不了的題目，那種愁眉苦臉的模樣。

celebrate 慶祝

右腦聯想建議：

想到準備許多蛋糕跟蠟燭來祝賀別人生日的場景，喜氣洋洋的感覺。

weather 天氣

右腦聯想建議：

天氣是太陽、雲朵跟雨滴的變化，誇張點想到雲朵流淚了，這些淚水就是雨滴，當然要準備帶雨傘了。

versatile 多才多藝的

右腦聯想建議：

一個漂亮的女生不但會彈鋼琴，還會拉小提琴、打鼓、畫畫，甚至還會打乒乓球。

weapon 武器

右腦聯想建議：

一堆殺氣騰騰的刀、斧頭、長矛、盾牌等作戰用兵器。

左腦 句型思考：
I am hungry to death. Do you have any <u>food</u>?
我快餓死了，你有任何食物嗎？

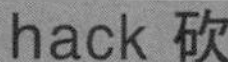

hack 砍

右腦聯想建議：

在廚房中，一位廚師拿了把菜刀，一刀就往砧板上的魚用力砍去。

creep 爬行

右腦聯想建議：

有隻全身綠油油的大毛蟲，正在大樹的樹枝上，緩緩地往前移動。

contentious 好爭吵的

右腦聯想建議：

兩個表情憤怒的男子，雙手握拳爭論不停，什麼下流的話都罵出口了。

abate 平息

右腦聯想建議：

想像泰國那些包圍機場的紅衫軍事件，隨著總理的下台逐漸落幕，機場也開始恢復正常了。

accuracy 精確

右腦聯想建議：

一個胖寶寶跑到體重計上秤體重，指針不偏不倚、分毫不差地量出他現在的體重。

都被平均化，這時只剩下字母字數與熟悉與否的問題而已。

多數學習者會發現，雖然縮短閱讀次數與時間，但圖像愈是清晰，答對的正確率也會提高。因為右腦圖像比文字記憶更強，只要將單字視覺化，記憶必然更深刻，這一套方法可以用圖像在大腦中建立資料庫，再艱難的單字都可破解。

超右腦單字訓練 【練習二】 STEP3：遮住中文解釋複習單字

intricate [`ɪntrəkɪt]
celebrate [`sɛlə,bret]
weather [`wɛðɚ]
versatile [`vɝsət!]
weapon [`wɛpən]
hack [hæk]
creep [krip]
contentious [kən`tɛnʃəs]
abate [ə`bet]
accuracy [`ækjərəsɪ]

左腦 句型思考：
I prefer to use a fork rather than chopsticks.
我較喜歡用叉子而不是筷子。

fork
叉子

【重點整理】

超右腦單字訓練

STEP1速讀單字

STEP2右腦圖像聯想

STEP3遮住中文解釋複習單字

【隨堂小測驗】

請各位利用約三十秒的時間，進行超右腦單字訓練STEP1至STEP3，試著記住以下五個單字。

超右腦單字訓練 【測驗】 STEP1：速讀單字

champion [`tʃæmpɪən] n. 冠軍；優勝
create [krɪ`et] v. 創造；產生
dangerous [`dendʒərəs] adj. 危險的
delicious [dɪ`lɪʃəs] adj. 好吃的
enter [`ɛntɚ] v. 輸入；進入

超右腦單字訓練 【測驗】 STEP2：右腦圖像聯想

champion 冠軍；優勝

create 創造；產生

dangerous 危險的

delicious 好吃的

enter 輸入；進入

左腦　句型思考：
Some <u>furniture</u> was broken when we moved.
當我們搬家時有些傢俱受損了。

3 油漆式速記法與左腦訓練：運用左腦分析進行英語句型訓練

人的左腦掌管語言、閱讀、書寫，因此聽英語時習慣以左腦思索中文字義，並且試著用中文理解所聽到的內容，習慣將每一句聽到或看到的英語翻譯成中文，否則就無法了解它的意義。

當各位記住單字的同時，如果只是停留在「英語→中文」識字階段，那麼你的英語會永遠停留在「中文思考」模式，即使進步到某一個程度，也只是機械性反應，無法培養出流暢的英語語感。

這種翻譯式的語言學習方式，英語只會是半調子，學習過程中常常因為想不起某個單字的中文意義，於是大腦嚴重當機，最後只能像牙牙學語般的幼兒，以簡單的單字與人溝通。

furniture
傢俱

右腦 圖像聯想：
這組餐桌椅是高級的原木傢俱。

用英語思考

語言有一個重要的特性，就是它不只是表達的工具，還會進一步影響人的思考，要想學好英語並不困難，但是要用對方法。各位必須透過大量的語言刺激，養成用英語思考的習慣（Think in English）。「用英語思考」聽起來似乎很難？其實不然！要學會「用英語思考」，首先必須相信自己的左腦就有這樣的能力。

左腦對於語言性的反應有先天的優勢能力，能夠將所有進入大腦內的感官訊息快速轉換成語言，當我們進行各種閱讀時，左腦就進行文法與語音的邏輯分析。

左腦對於接收到的刺激，除了用語言來思考，也會利用演繹推理來建立它對事物的認知，並用文字來描述、定義、分類並溝通所有事物。對於英語學習來說，左腦能協助了解英語句型的細節以及單字在句中的角色。

以句子為單位，聰明學英語

許多人經常問我：「我背了一堆單字，但整個句子就是看不懂，怎麼辦？」事實上，句型在語言學習中扮演很重要的角色，它可以豐富你的日常口語，因為許多人在學英語時，常遇到想表達的意思明明很簡單，用英文卻怎麼也說不出來的情況。舉例來說，「地鐵在哪？」的英語是「Where is the subway ?」而不是「Subway is where?」如果你只學了subway這個單字，而沒有去學它的例句，在任何可能應用英語的場合，仍然沒有辦法正確使用這個單字。想要突破這種瓶頸，單字就必須要放在句子或有意義的上下文裡來背，藉由左腦功能把單字放在句子的結構裡分析，了解後再記起來。

要想進入英語寫作領域，就要多背一些實用的句子。單字數量背到一定程度後，如果能熟悉常用句型，比較能用英語表達出想表達的意思，更能幫助日後學習文法時，輕易了解而不必死背規則。

學習英語只要以句子為單位，透過模仿與重複操練，達到一定量的練習，句子就能脫口而出。英語說不出口，除了發音的問題外，通常都是卡在造句上。操練句子，會讓口語變得非常流暢，也不再害怕開口說英語。

只有透過例句溫習單字的用法，才能培養出在不同狀況裡能靈活使用相同單字的能力；從英語例句中分析英語單字，才是真正學會一個英語單字的用法！

超左腦句型訓練

從語言學的角度來看，用英語表達自己想法的時候，絕大部分是透過句子，只有極少數的狀況只用單字表達。油漆式速記法主張如果想聰明學好英語（learn smart），每記下一個新單字的時候，除了右腦聯想圖像外，最好還要記住包含這個單字的相關例句。

左腦 句型思考：
He spends all his time in <u>gambling</u>.
他把所有時間都花在賭博上。

gamble
賭博

任何背單字的方法最終目的不外乎都是希望能達到長期記憶的效果，句型學習是記憶單字過程中必要的一部分。透過句型測驗的分析過程，除了可以分析句子的文法結構外，還能讓各位明白在現實生活中該如何運用所學的單字。

接下來，我們利用每個單字的相關例句練習分析句型結構。我們挑選了十個例句，並以底線標示出每個單字的位置，各位可以自行練習；這部分的過程完全以左腦語言區進行運作。如果各位行有餘力，最好能把每個例句默背起來，日積月累，對英語能力的提升絕對有莫大的幫助。

超左腦句型訓練 【練習】 STEP1：速讀單字

deter [dɪ`tɝ] v. 阻止
diplomat [`dɪpləmæt] n. 外交官
dormitory [`dɔrmə͵torɪ] n. 宿舍；校舍
external [ɪk`stɝnəl] adj. 外表的；自外來的
fossil [`fɑs!] n. 化石
ideal [aɪ`diəl] adj 理想的
kangaroo [͵kæŋgə`ru] n. 袋鼠
medal [`mɛd!] n. 獎牌（章）
needy [`nidɪ] adj. 貧窮的
ordinary [`ɔrdn̩͵ɛrɪ] adj. 普通的；平凡的

gamble
賭博

右腦　圖像聯想：
看到撲克牌，就想到賭博之都拉斯維加斯。

超左腦句型訓練 【練習】 STEP2：左腦句型思考

deter

[dɪˋtɝ] v. 阻止

左腦句型思考：

Who deters their plans from being carried out?
誰阻止了他們計畫的實行？

diplomat

[ˋdɪpləmæt] n. 外交官

左腦句型思考：

He was appointed as the diplomat to Germany.
他被指定為駐德外交官。

dormitory

[ˋdɔrmə͵torɪ] n. 宿舍；校舍

左腦句型思考：

I don't want to live in the dormitory next semester.
我下學期不想住宿舍了。

external

[ɪkˋstɝnəl] adj. 外表的；自外來的

左腦句型思考：

She keeps silent when bearing external pressure.
當承受外部壓力時，她保持沉默。

fossil

[ˋfɑs!] n. 化石

左腦句型思考：

The group of scholars hunted for fossils today.
這組學者今天前往尋找化石。

ideal

[aɪ`diəl] adj. 理想的

左腦句型思考：

His ideal plan is to travel around the world by bicycle.
他的理想計畫是騎單車環遊世界。

kangaroo

[ˌkæŋgə`ru] n. 袋鼠

左腦句型思考：

Baby kangaroos live in a pocket on their mother' s abdomen.
小袋鼠住在媽媽的胃袋裡。

medal

[`mɛdl̩] n. 獎牌（章）

左腦句型思考：

The Olympic athletes of our country won gold, silver, and bronze medals.
我國的奧運選手贏得了金牌、銀牌與銅牌。

needy

[`nidɪ] adj. 貧窮的

左腦句型思考：

The needy woman lived in a little wooden hut near the forest.
這位可憐的女人住在靠近森林的一間小木屋。

ordinary

[`ɔrdn̩ˌɛrɪ] adj. 普通的；平凡的

左腦句型思考：

Taiwanese and Mandarin are ordinary languages in Taiwan.
台語和國語是在台灣的普通語言。

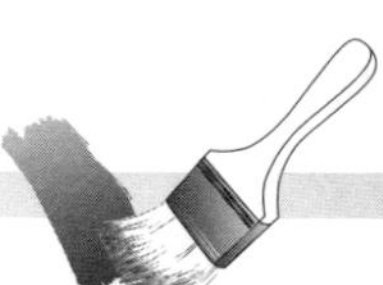

【重點整理】

超左腦句型訓練

STEP1速讀單字

STEP2左腦句型思考

【隨堂小測驗】

請各位利用約六十秒的時間，進行超左腦句型訓練STEP1至STEP2，配合每個單字的左腦句型思考試著記住以下十個單字。

左超腦句型訓練 【測驗 】 STEP1：速讀單字

carpenter [`kɑrpəntɚ] n. 木匠
circus [`sɝkəs] n. 馬戲團
delicious [dɪ`lɪʃəs] adj. 美味的；賞心悅目的
eventually [ɪ`vɛntʃʊəlɪ] adv. 終於
generous [`dʒɛnərəs] adj. 寬大的；慷慨的
imagine [ɪ`mædʒɪn] v. 想像
maintain [men`ten] v. 維持；供給
object [`ɑbdʒɪkt] n. 目標；物體
peaceful [`pisfəl] adj. 平靜的
refuse [rɪ`fjuz] v. 拒絕

超左腦句型訓練 【測驗】 STEP2：左腦句型思考

carpenter

[`kɑrpəntɚ] n. 木匠

左腦句型思考：

We need a carpenter to repair our house.

我們需要一個木匠來修房子。

circus

[`sɝkəs] n. 馬戲團

左腦句型思考：

The teacher took them to the popular circus.

這位老師帶他們去看知名的馬戲團。

delicious

[dɪ`lɪʃəs] adj. 美味的；賞心悅目的

左腦句型思考：

Guava is a delicious fruit grown in Taiwan.

番石榴是生長在台灣的一種好吃水果。

eventually

[ɪ`vɛntʃʊəlɪ] adv. 終於

左腦句型思考：

Eventually he confessed to murdering his girlfriend.

他終於承認殺害了他的女友。

generous

[`dʒɛnərəs] adj. 寬大的；慷慨的

左腦句型思考：

The rich man is generous in giving help to the poor.

這位有錢人對於幫助窮人很大方。

grape
葡萄

右腦 圖像聯想：
這串葡萄很甜很好吃。

imagine

[ɪ`mædʒɪn]　v.　想像

左腦句型思考：

Can you imagine what is it like to be blind?

你能想像瞎了後的感覺嗎?

maintain

[men`ten]　v.　維持；供給

左腦句型思考：

The former owner maintained this house very well.

前屋主把這棟房子維護得很好。

object

[`ɑbdʒɪkt]　n.　目標；物體

左腦句型思考：

The museum has a fabulous collection of antique objects.

這間博物館有許多難以置信的古物收藏。

peaceful

[`pisfəl]　adj.　平靜的

左腦句型思考：

Rural life is usually more peaceful and simple than city life.

鄉村生活和城市生活相比通常比較寧靜單純。

refuse

[rɪ`fjuz]　v.　拒絕

左腦句型思考：

The star refuses to talk about her marriage.

那位明星拒絕談論到她的婚姻生活。

左腦　句型思考：
I felt guilty after blaming him.
指責他之後，我覺得有罪惡感。

4 油漆式速記法與全腦訓練：應用

左右腦雙劍合璧

許多英語專家總認為台灣人學英語最大的錯誤就是「愛背單字」。老師要求學生只要碰到不會的單字，就趕快查字典，造成學生使用英語，一直停留在「用單字」的層級，語感的培養與語言傳達的訊息相對就變得不重要了。

在學習單字的同時，不能只單靠右腦對單字的圖像記憶，各位必須強迫性地開始閱讀與這些單字相關的句子，也就是利用左腦的句型邏輯分析，才能更快速達到全腦背單字的境界。

全腦背單字的道理就像是聽流行歌曲時，除了一邊欣賞優美的旋律，也可以一邊思考歌詞的涵義，左右腦可以同時得到刺激，腦部神經元自然能得到活

guilty
有罪的

右腦 圖像聯想：
通緝犯最後被判定有罪。

化的效果。

接下來請翻開手邊任何一本單字書，書中每個單字都必須有例句。首先設定十個單字，每個單字仍是以一到二秒的時間速讀完，並選擇第一個中文解釋來創造右腦圖像，各位可以參考或自行想像，請把握最適合自己的聯想方式。

做完了右腦聯想圖像的過程，請將句子用二十到三十秒的時間讀完，並分析每個單字在相關句子中的詞性及文法架構，接著迅速翻譯出整句的中文意義。

左右腦全腦訓練 【練習】 STEP1：速讀單字

thick [θɪk] adj. 厚的；粗的
thief [θif] n. 小偷；賊
valuable [`væljʊəb!] adj. 有價值的
strike [straɪk] v. 擊出；n. 罷工
service [`sɝvɪs] n. 維修；服務
set [sɛt] v. 放置；n. 一組
railway [`rel͵we] n. 鐵路
postcard [`post͵kɑrd] n. 明信片
pile [paɪl] n. 堆；大量
pillow [`pɪlo] n. 枕頭

左腦 句型思考：
I have a headache from hitting my head on the ground.
因為頭撞到地，我頭好痛。

headache
頭痛

左右腦全腦訓練 【練習】 STEP2：右腦圖像聯想

thick 粗的

右腦聯想建議：
這個男人忽然在樹林發現一棵被砍的神木，樹幹剖面上還有一圈圈的年輪。

thief 小偷

右腦聯想建議：
一個蒙著臉的小偷，趁著黑夜時背著一大包偷來的財物，鬼鬼祟祟地準備逃跑。

valuable 有價值的

右腦聯想建議：
小美到博物館參觀，在展覽架上看到了許多有價值的古代寶物，她張大了嘴吃驚地說不出話來。

strike 擊出

右腦聯想建議：
當投手不以為意地投出一記慢速球後，小明卯足全力準備擊出一支全壘打。

service 維修

右腦聯想建議：
颱風把家裡的天花板都吹掉了，我和哥哥一起負責後續的維修工作。

set 放置

右腦聯想建議：

穿著圍裙在廚房煮飯的老媽小心翼翼地把這壺滾燙的熱開水，放置在流理台上。

railway 鐵路

右腦聯想建議：

一台古老的蒸汽小火車發出卜卜的汽笛聲，慢慢地在鐵道上行駛。

postcard 明信片

右腦聯想建議：

我的書桌上有一份印著普羅旺斯風景照的精美明信片。

pile 堆

右腦聯想建議：

地上放著一堆貨物，工人們努力地要把它們搬到車上。

pillow 枕頭

右腦聯想建議：

木頭製的床上鋪著一條棉被，床頭有一個大枕頭。

左右腦全腦訓練 【練習】 STEP3：左腦句型思考

thick

[θɪk] adj. 厚的；粗的

左腦句型思考：

A thick and woolen rug does not fit my taste.

厚羊毛地毯不太適合我的品味。

thief

[θif] n. 小偷；賊

左腦句型思考：

The thief was caught when he was going to leave.

那個小偷在準備離開時，被抓到了。

valuable

[`væljʊəb!] adj. 有價值的

左腦句型思考：

I found some valuable documents in the archives.

我在檔案保管區發現了一些有價值的文件。

strike

[straɪk] v. 擊出；n. 罷工

左腦句型思考：

Hundreds of workers threatened to strike for a week.

數百名工人威脅要罷工一個星期。

service

[`sɝvɪs] n. 維修；服務

左腦句型思考：

The good service of this restaurant has attracted many customers.

這家餐廳因為優良的服務品質，而吸引了許多客人。

high
高的

右腦　圖像聯想：
附近有兩棟很高的大廈。

set

[sɛt]　v.　放置；n.　一組

左腦句型思考：

It is more convenient to set up an intercom in every office.

每間辦公室都放上內部通話裝置會更方便。

railway

[`rel͵we]　n.　鐵路

左腦句型思考：

The railway construction will be completed in a month.

鐵路工程將會在一個月內完成。

postcard

[`post͵kard]　n.　明信片

左腦句型思考：

Can I buy some postcards that are related to this museum?

我可以買一些和這博物館相關的明信片嗎？

pile

[paɪl]　n.　堆；大量

左腦句型思考：

Piles of garbage seriously affect the environment with odors.

許多成堆發惡臭的垃圾嚴重影響環境。

pillow

[`pɪlo]　n.　枕頭

左腦句型思考：

Could you give me a pillow and blanket, please?

可以給我一個枕頭和毛毯嗎？

左腦 句型思考：
The player surprisingly hit a double.
這球員出人意外地擊出了二壘安打。

【重點整理】

左右腦全腦訓練

STEP1速讀單字
STEP2右腦圖像聯想
STEP3左腦句型思考

【隨堂小測驗】

請各位利用約六十秒的時間，進行左右腦全腦訓練STEP1至STEP3，配合右腦圖像及左腦句型，試著記住以下十個單字。

左右腦全腦訓練 【測驗】 STEP1：速讀單字

achieve [ə`tʃiv] v. 達成
adjust [ə`dʒʌst] v. 調整
ambition [æm`bɪʃən] n. 野心；抱負
bathe [beð] v. 浸洗；給洗澡
beggar [`bɛgɚ] n. 乞丐
business [`bɪznɪs] n. 買賣；商業
chopstick [`tʃap,stɪk] n. 筷子
concentrate [`kansɛn,tret] v. 集中
describe [dɪ`skraɪb] v. 描述；形容
elect [ɪ`lɛkt] v. 選舉；推選

hit
打；擊

右腦　圖像聯想：
他成功擊出了一支全壘打。

左右腦全腦訓練 【測驗】 STEP2：右腦圖像聯想

business 買賣；商業

achieve 達成

chopsticks 筷子

adjust 調整

concentrate 集中

ambition 野心；抱負

describe 描述；形容

bathe 浸洗；給洗澡

elect 選舉；推選

beggar 乞丐

左右腦全腦訓練 【測驗】 STEP3：左腦句型思考

achieve

[ə`tʃiv] v. 達成

左腦句型思考：

He has achieved his goal in less than five years.

他在五年內達成了他的目標。

adjust

[ə`dʒʌst] v. 調整

左腦句型思考：

I adjust my alarm clock before I go to bed every night.

我每晚睡覺前都會調整鬧鐘。

ambition

[æm`bɪʃən] n. 野心；抱負

左腦句型思考：

She has a great ambition to be a principle of a school.

她很有野心想成為校長。

bathe

[beð] v. 浸洗；給洗澡

左腦句型思考：

If you could often bathe in the hot spring, you would be health.

假如你能經常泡溫泉，將會有益健康。

beggar

[`bɛgɚ] n. 乞丐

左腦句型思考：

The poor homeless beggar is sleeping on the bench in the park.

這無家可歸的乞丐在公園的板凳上睡覺。

business

[`bɪznɪs]　n.　買賣；商業

左腦句型思考：

We do much business with foreign companies.

我們和許多外國公司有生意往來。

chopstick

[`tʃɑpˏstɪk]　n.　筷子

左腦句型思考：

My friend from Germany doesn't use chopsticks very well.

我從德國來的朋友不太會用筷子。

concentrate

[`kɑnsɛnˏtret]　v.　集中

左腦句型思考：

The teacher asks the students to concentrate on the class.

老師要求學生們專心上課。

describe

[dɪ`skraɪb]　v.　描述；形容

左腦句型思考：

Can you describe what your cellular phone looks like?

你能形容一下你的手機嗎？

elect

[ɪ`lɛkt]　v.　選舉；推選

左腦句型思考：

Although he was a political novice, he was elected to be the parliament.

即使他是政壇新秀，還是獲選進入國會。

Chapter 3

油漆式速記法的實際應用。

【油漆式速記系統】

左腦 句型思考：
The patient was transferred to a bigger hospital.
那位病人被轉送到另一家較大的醫院。

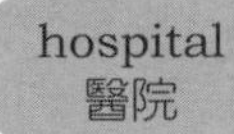

1 油漆式速記系統：介紹

目前市面上推出了許多速憶術相關課程，多半都是利用傳統的圖像法、聯想法、諧音法、連結法和心智圖等論點強化記憶力。雖然在輔助記憶上或許有些作用，但是學習者必須付出一筆為數可觀的學費，而且最後可能效果不彰。

不同於這些課程，油漆式速記法同時結合了速讀與速記理論，並強調「大量、全腦、多層次複習」的訓練精神，是一套真正開發大腦潛能的記憶法，除了可以應用在職場進修或求學考試，對

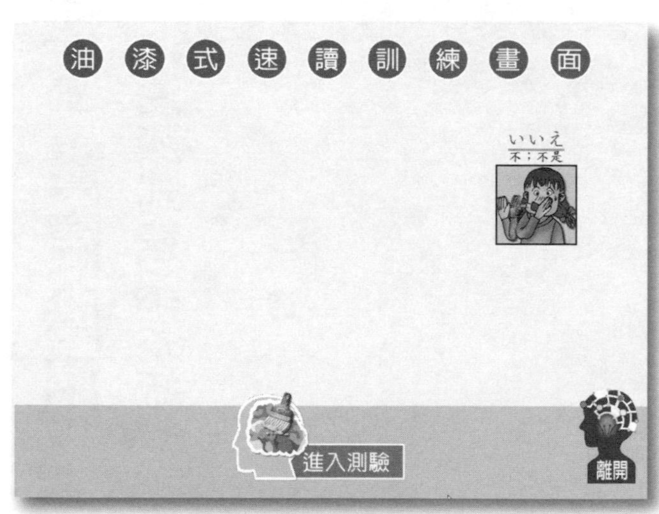

油漆式速記系統畫面：日語

hospital
醫院

右腦　圖像聯想：
紅色十字標誌的建築物就是醫院。

於學習外國語言更有事半功倍的效果。

如果各位平常是以書本作為油漆式背單字的訓練工具，基於速讀過程需要以手動控制，而且必須用人工方式移動視線才能進行自我測驗，畢竟印刷文字不會憑空消失，可能會產生許多不便。

為了讓理論與實務結合，我們的研發團隊積極與全國知名大專院校產學合作，應用電腦與多媒體技術，開發出一系列油漆式單字速記系統（包括英語、日語、泰語、韓語……等），採取不定點閃字與擴大視幅訓練，並配合語言學的隨機測驗，讓使用者在短時間能輕鬆記憶大量單字。

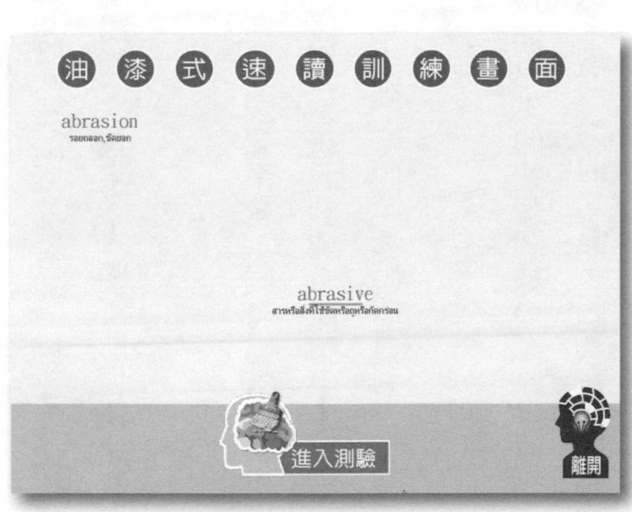

油漆式速記系統畫面：泰語

本書前面的章節不斷提及，人類大腦感知能力的提升就是在多重感官刺激的環境下強化而來，也就是視覺會影響聽覺，聽覺會影響觸覺，如果愈多感官被啟動，大腦機能區活躍的部分也愈廣。油漆式速記系統設計的特色就從視覺速讀開始，用聽覺輔助，手指輸入以啟動觸覺，真正讓大腦幫助你快速背單字。

全國目前已經有七十萬人以上使用過油漆式速記系統，同時已獲得一百所以上的大專院校認可並簽約授權使用。經過這套系統的訓練，能讓原本一小時只能記憶二十個單字的使用者，在短時間進步到一小時速記四百到五百個單字。

各位可以把油漆式速記系統當做一套功能完備的速讀訓練機，除了能快速幫助各位記憶英語單字外，更具備了訓練速讀能力的功能。因為在軟體設計上，已經完全融入速讀基本原理，更能克服一般速讀訓練機人為操控不易的缺點。

hot
熱的

右腦　圖像聯想：
桌上有杯冒著白煙的熱咖啡。

本書中介紹的許多油漆式速記相關原理，都可以配合油漆式單字速記系統作為驗證與輔助說明，各位可以利用本書所附贈的「油漆式速記法背英語單字」試用光碟（超左腦句型多益字彙）輔助學習。接下來將為各位介紹這個系統的各種原理，並深入說明在英語學習領域還有哪些顯著的功能。

希望以下說明介紹的原理能讓各位了解到「油漆式速記法」的精髓並進行應用，將其與電腦相互配合學習，實際「用電腦學英語」。

用電腦學英語

左腦　句型思考：
Hot dogs are not healthy food.
熱狗並非有益健康的食物。

hot dog
熱狗

2 油漆式速記系統：原理

原理1：速讀與活化眼力

進入速記教室功能後，各位首先會看到油漆式速記系統的「速讀範圍設定」畫面，這是整個系統的速讀指揮中心。其中的「速度調整」功能，目的就是用來控制每次閃字的速度，眼力加強訓練的程度就是由此進行調整。

如果各位是初學者，請先將速度放到最慢，因為要讓你的眼睛能夠逐步適應閃

速記教室功能畫面

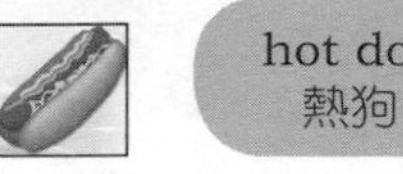

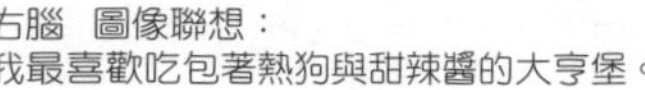

字的速度，過了一段時間後，當你開始覺得速度變慢了，表示你的眼力開始進步，請務必再稍微調快速度，以便開發眼睛吸收訊息的更大潛能。

這個道理很簡單，就像各位剛開車上高速公路時，總覺得兩旁車輛還沒看清楚就如閃電般呼嘯而過，時間久了，原先感覺在身旁飛奔的車輛，速度似乎變慢了許多，也能看清楚車型跟顏色了。

當然不是這些車輛真的減速了，而是我們的眼睛自動適應環境，也就是眼力增強了。經過良好速讀訓練的最大好處就是不但能讓視覺器官發揮最大潛能，還能和

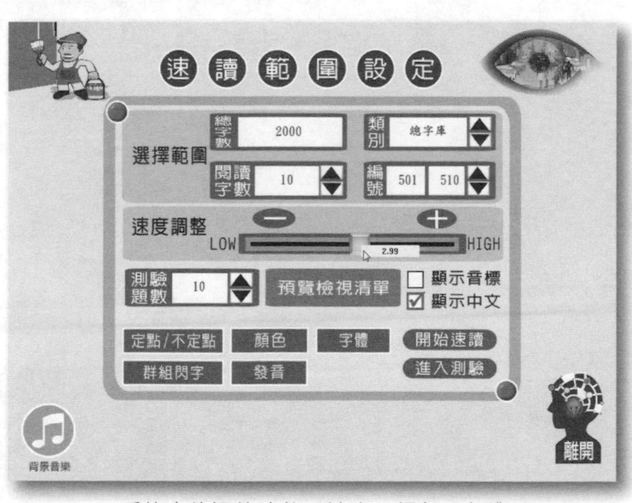

系統中的調整功能：速度、顏色、字體

大腦接受訊息的節奏趨於一致，讓瞬間理解力跟著同步增加。

原理2：不定點閃字

許多讀者從小就有逐字念書的習慣，閱讀時視點所擁有的視野範圍內只有一或兩個字，這是造成閱讀速度緩慢的主要原因之一。速讀原理中十分強調增大視野的訓練，也就是擴大視點面積，盡量讓每一個閱讀視點攝取的閱讀量增大，簡單來說，也就是眼睛在閱讀時能夠看清楚更大的範圍。在「油漆式速記系統」中，特別

不定點閃字有擴大視野功能

針對了增大視野功能，設計了不定點閃字的速讀功能。

不定點閃字原理和閃卡（flash card）的觀念相同，在各位每次開始閱讀新的單字範圍時，單字會隨機在螢幕上任何可能的位置出現且跳動，這種跳躍式的移動對視覺刺激非常有效，除了可以讓各位在背誦時能集中注意力，同時還能激發視網膜、擴大視野範圍。一旦經過視野逐步擴大的訓練後，對於日後閱讀速度的增進，會有十分顯著的效果。

原理3：色彩與記憶力

從人類誕生的那一刻起，色彩就與我們息息相關，人們不斷接觸色彩，每個人都有自己喜歡的顏色、對不同的色彩有著各自不同的感受。色彩對生命能表現出冷熱收縮、積極消極等特性，色彩搭配甚至也能呈現各種情緒與刺激。

日常生活中，人們不斷接觸色彩，如果是自己所喜愛的色彩，還有利於帶動個人的積極思維，並增進記憶力。

應用色彩來輔助記憶更是屢見不鮮，色彩的對比使單調的文字更鮮明，當然更有助於記憶。例如學生時期用螢光筆在關鍵句子劃上顏色，不但方便標示出重點，也有利於加強記憶。當日後各位嘗試複習重點時，沒做標記的部分印象就顯得比較模糊不清。

油漆式速記系統中，精心設計了閃字時字體大小與顏色的控制功能，其中色彩變化可用來強化記憶力，例如綠色、藍色、淡藍色等冷色系，可以放鬆身心，能讓使用者專注於目前的影像。又如：紅、橙、黃等暖色系，易引起心理的積極性，幫助眼球的快速移動。

至於有些年長者視力不佳，就可以選擇使用較大的字體，甚至於閃字時也能讓字體產生忽大忽小的變化，使用者可依照個人情況進行調整。

ice
冰

右腦 圖像聯想：
這杯水放了許多冰塊。

原理4：英語聽力的訓練

許多人經常抱怨聽力不好，歸根究柢多半是因為使用注音符號表示單字讀音的緣故，發起音來以為有點雷同就便宜行事。有些人就更天真了，還將單字的音標轉成中文讀音，用來聯想相關的中文字義，例如丈夫（husband）就唸成還是笨，可以聯想成自己的丈夫還是笨的好，救護車（ambulance）就唸成俺不能死，聯想成一個病人在救護車大叫不能死。

這些作法都是在破壞英語的整體語感，完全沒有考慮到重音、連音、語調等問題，少數幾個字還能聽得懂，但幾句對話下來，上百個單字組合在一起，反而容易愈聽愈迷糊。

想要突破聽力的瓶頸，絕對要放棄這種洋涇濱的作法，必須從接觸每個新單字開始，並同步聽到英語的正確發音，讓大腦的聽力中樞對這個單字產生直接反射，日後才有可能跟得上外國人整句話的速度。

油漆式速記系統在聽力學習方面的設計，就是在每個單字閃現時，都配合了外籍老師字正腔圓的發音，讓各位在接觸每個新單字的同時，能同時啟動右腦對於聽力的學習機制。當我們接觸到一個單字時，如果能從「形、音、義」三管齊下，同時記住單字的右腦圖像、原文發音與中文詞意，將會得到更快、更好的成效。

原理5：殘像記憶的應用

許多人經常疑惑，使用油漆式速記系統，「囫圇吞棗」似地速讀過幾次單字，怎麼可能真的記住那麼大量的單字？原理到底是什麼？不要懷疑，當然記得住，應用的就是殘像記憶的原理！

我們知道速讀時記住單字多半來自兩種管道，第一種是直接從眼睛看到資訊的左腦語言型理解，這也是一般人最普遍與粗淺的理解力，由於單字是字母與中文解釋的對應組合，沒有任何語言上深入的意義。第二種是屬於速讀訓練後所具備的快速記憶力，也就是利用殘像記憶形成的綜合感知理解力，屬於一種超高速的右腦思維能力。

各位在速讀閃字時絕對不可能馬上將每個單字一字不漏地背下，當視覺刺激停止後，中樞神經投射在視網膜上的影像痕跡不會立刻消失，而會出現極短期的記憶效果，這段記憶稱為「殘像記憶」，然後迅速轉運到大腦中樞。

雖然殘存的時間不長，但記憶總歸就是記憶。

這就像是在房間內，眼睛直視燈泡時，燈卻突然被關掉的瞬間，腦海中仍然感覺到燈泡是亮

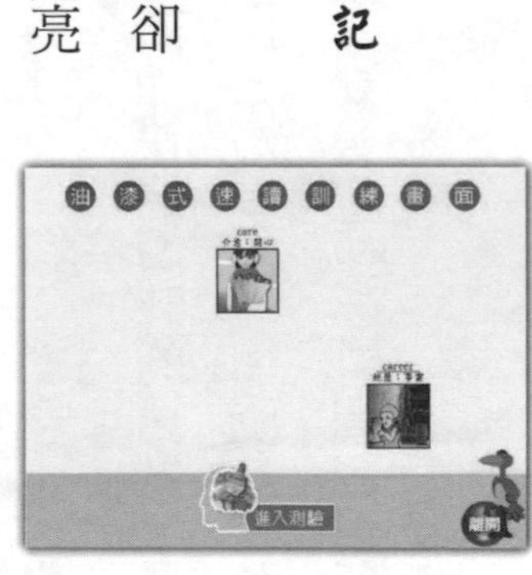

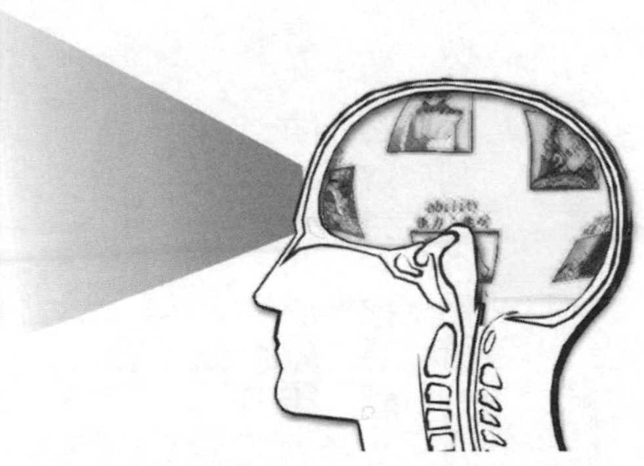

大腦殘像記憶背單字的說明圖

的。這是因為大腦的高速運轉能力比眼睛快太多。

平時增強殘像記憶強度的最佳作法就是不斷加快速讀時的速度，這樣可以讓使用者在心理上產生「定向反應」（orienting response），使其在背誦時更能集中注意力。殘像記憶的強度愈強，成像效果就會愈佳，瞬間記憶所能延續的時間就愈長。

原理6：杏仁核的刺激

速讀單字過後，本系統安排了許多形式的測驗。這些隨機式的測驗題，其功能主要是達到鞏固記憶的刺激效果。在答題過程中，大腦會自動搜尋剛才閃字速讀時所建立的殘像記憶來答題。答錯題時，系統則利用刺激杏仁核的方式加強記憶。

internet
網際網路

右腦　圖像聯想：
網際網路可以透過衛星傳送資料。

我們知道海馬迴所記憶的是陳述性的事實，而杏仁核則為內容增添情緒的效果。假如我們在籃球場上以一分之差輸給某個球隊，記住這次的所有細節，包括球場位置、當天天氣與對方球員的面孔等事實資訊的是海馬迴，但是以後再碰到這個球隊都會產生焦慮感這個情緒則是杏仁核的作用。

速記系統中，測驗如果答對了，就會自動跳過，進行下一測驗題。答錯時，螢幕上會自動更正，隨即跳出正確解答的視窗，並同步讀出這個單字的正確發音。此時海馬迴開始啟動，重新記憶單字，而杏

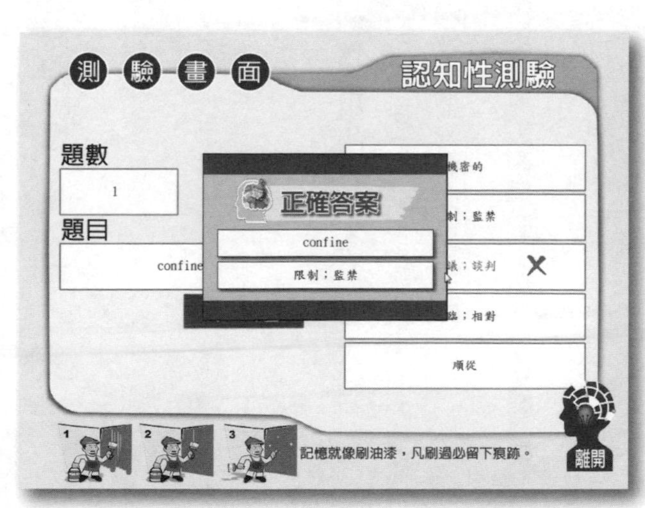

答錯時螢幕會自動更正，隨即跳出解答與讀出單字發音。

仁核則因答錯發出振動，影響情緒，判斷需專注再記一次，加上系統給予眼睛與耳朵的多重感官作用，藉此增強背誦效果。有了杏仁核參與並產生新的刺激，會讓海馬迴中對這個單字「烙印」下更深的記憶。

【Tips】觀念說明

「杏仁核」與「情緒影響」：從腦神經醫學的角度來看，在大腦前額部分有一個呈扁桃形的區域，稱為杏仁核（amygdala）。杏仁核是人類的情緒中心，主要功能為掌管焦慮、急躁、驚嚇及恐懼等負面情緒反應。

原理7：錯誤中學習

本套系統還可以將練習過程中，每一道答錯的單字自動記錄下來，獨立成為一個錯誤字庫。以補強測驗過程中答錯字的記憶。也就是使用者可在測驗一個較大的範圍後，例如五百字或一千字後，有反覆速記與測驗的機會。

除了在答題過程中收集錯誤字庫外，本系統特別以一種量身訂做的概念，方便使用者自己訂定某些特殊字群的字庫，使用者日後可以針對這個專屬的字庫，反覆進行油漆式速讀。自訂字庫結合錯誤字庫

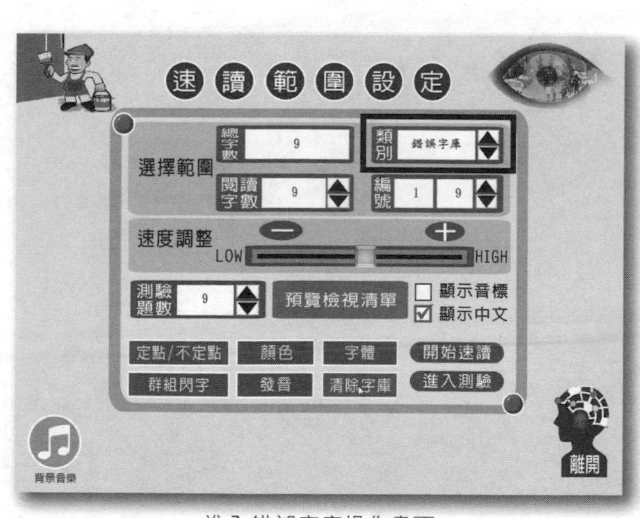

進入錯誤字庫操作畫面

功能，電腦就能自動集中自訂字庫中錯誤頻率最高的字，反覆加強練習與測驗，當整個測驗的範圍完成後，還會以綜合評量表方式讓使用者再進行一次複習。

答題結束後，各位將會馬上看到自己這次進行測驗的速讀成績單，成績單上明確寫出此次接受測驗的總題數、答題正確的題數及答錯的題數，會以鮮紅文字標示出剛剛答錯的單字，藍色字表示答對的單字，利用色彩加強記憶效果，所有的單字都可以隨點發音，視覺與聽覺同步幫助學習。

以上就是「油漆式速記系統」的基本

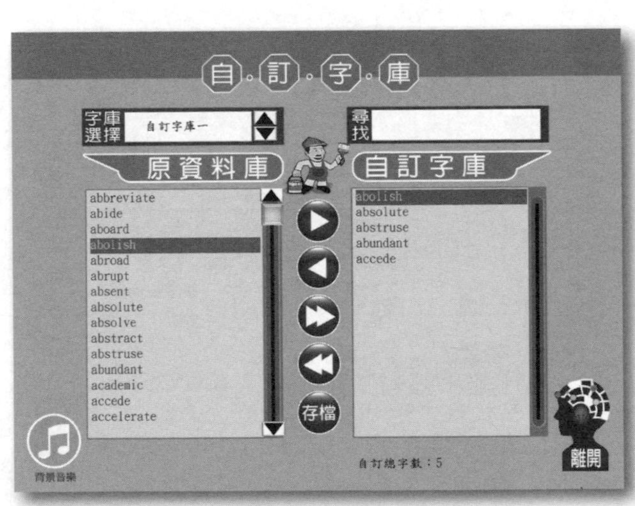

自訂字庫操作畫面

功能與原理。系統中各種多層次測驗都是為了將單字瞬間記憶轉變為長期記憶的訓練，接下來我們將完整說明油漆式速記系統的六個層次的測驗如何在速記單字時扮演助憶的角色。

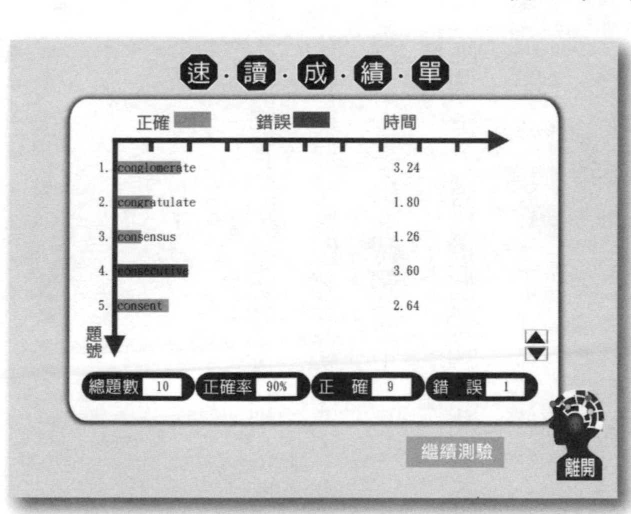

速讀成績單畫面

3 油漆式速記系統：應用【六層油漆幫你學語言】

第1層油漆：認知性訓練

英語教學在台灣幾乎是為了滿足考試需求，所有的英語認知都習慣從中文翻譯而來，這種翻譯後理解的片斷學習方式，就像捨直線距離而繞遠路一樣，正確的作法是看到單字能直接對應圖像的思維，盡量不要轉譯成中文。

例如剛學到monkey這個字會想到猴子這兩個字，透過這個認知性測驗的訓練，以後看到monkey就會直接想到一隻頑皮猴子的模樣，而不必再經過「猴子」這兩個中文字。

認知性訓練就是在大腦中建立快速判斷新單字的中英文文義的能力。對於

ketchup
蕃茄醬

右腦　圖像聯想：
蕃茄醬是一種調味料。

一組全新的英語單字而言，這項訓練的目的是要訓練使用者在看到英語單字後，就能立即藉由右腦圖像聯想出中文意義的能力，是本系統最基礎與重要的課程。

本階段訓練的速記單字數目每次先以十個新字為單位，並且以三次不定點閃字速讀練習為限，成績設定以七十分以上為標準，五百個單字為一個階段的學習範圍。至於速讀速度的調整，對於未曾受過速讀訓練的人來說，我們建議以較慢的速度進行閃字速讀，多加練習後，眼睛與大腦就能逐漸同步，然後漸次加快速度。

請注意在速讀單字時，丟掉背誦的念

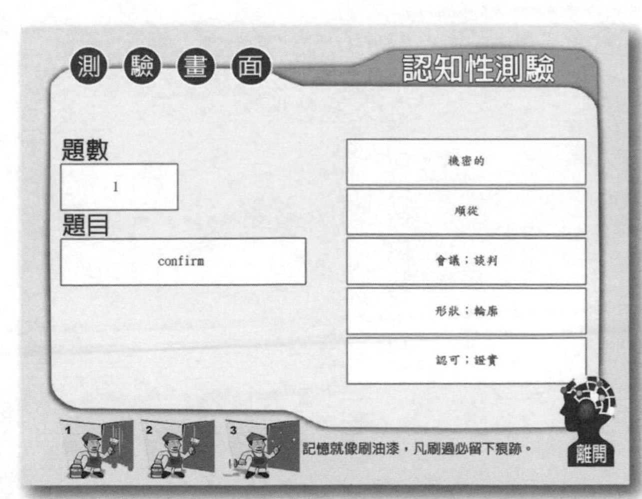

認知性訓練的測驗畫面

頭，千萬不要一邊學習新單字，一邊患得患失怕忘了之前學的單字，而拚命地回想，造成速讀時的「回視」現象，因而放慢記憶的速度，其實各位只要耳聽、目視，專注於眼前出現的單字即可。

【Tips】觀念說明

回視：造成閱讀速度變慢的原因之一，就是速讀時自認未完整看清楚文章內容，造成不斷返回前一個視點的情況過多，這種現象稱為「回視」。

key
鑰匙

右腦　圖像聯想：
這支鑰匙能打開家裡的鐵捲門。

第2層油漆：回溯性訓練

記憶往往是學習後的最終表現，沒有記憶，就談不上有學習成果。當學習範圍內的單字經過認知性測驗的初步記憶過程後，應該就具備看到英語單字，馬上可想到中文意思的殘像記憶。

回溯是一種複習的動作，回溯性測驗是屬於第一層認知性測驗的逆向學習（reverse learning），能反覆刺激記憶強度，逆向訓練是希望在看到中文解釋時，就能想到符合的英語單字，有點像是使用熱水與冰水分別幫你的大腦洗三溫暖。

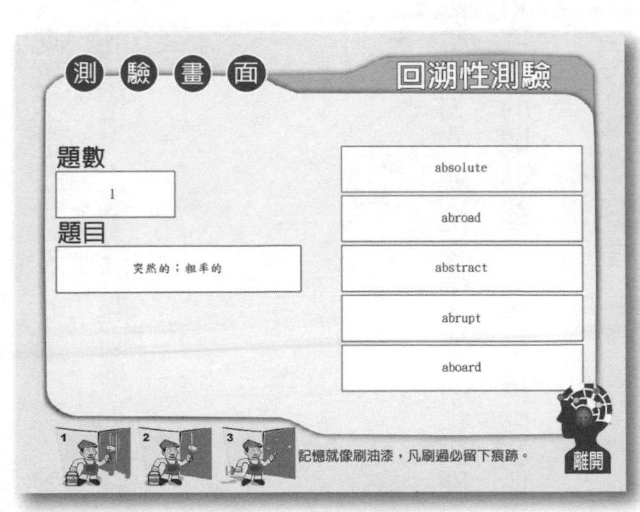

回溯性訓練的測驗畫面

因為認知性測驗階段已學過這個範圍內的單字，所以本階段的學習，仍繼續測驗同一個學習範圍的五百字，不過一次速讀單字量可增加到十五到二十個字。至於速讀速度也必須加快，而且縮短為兩次不定點閃字的速讀練習，再進入測驗。這個階段的成績設定必須以八十分為標準，學習時間同樣不超過兩天。

第3層油漆：聯想性訓練

記憶很像建築工地用的水泥，需要經過聯想力的連結處理才能固化變硬，成為堅硬的混凝土。這層測驗著重於記憶單字間的關聯性，用於測量概念性記憶與事實之間是否已經建立連結關係。

前面兩個測驗多半是針對單一個英語單字來出題，到了這個階段已經將單字的瞬間記憶補強為短期記憶。為了補強使用者的整合記憶，特別以連連看

kite
風箏

右腦　圖像聯想：
小朋友都喜歡放風箏。

的型式，讓使用者在多組英語單字混合題中，清楚分辨出各組單字的中英語相對意義，並形成一種類似條件反射的圖像聯想能力，加速將單字的短期記憶轉化為長期記憶。

這個階段測驗並不難，以學習二十到三十個字為單位，速讀速度必須再加快，學習範圍仍為五百個單字，不過必須縮短為一次不定點閃字的速讀練習。這個階段的成績設定以八十分為標準，學習時間設定在不超過一天。

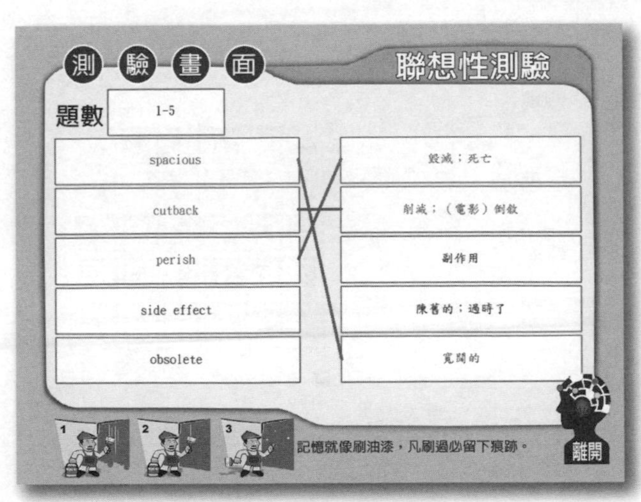

聯想性訓練的測驗畫面

第4層油漆：觸覺性訓練

根據大腦醫學報告指出，左腦控制著右邊的身體，右腦控制著左邊的身體，擅長使用左手的人右腦發達，而擅長使用右手的人則左腦發達。

所以兩手的指尖運動和大腦開發有著密切的關係，因為手指運動中樞在大腦皮層中所占的區域最廣泛，若經過一定程度的手指動作練習後，能使大腦變得更聰明。觸覺性訓練就是利用十指指尖在電腦的鍵盤上重複敲打字母，進而達到全腦學習的效果。

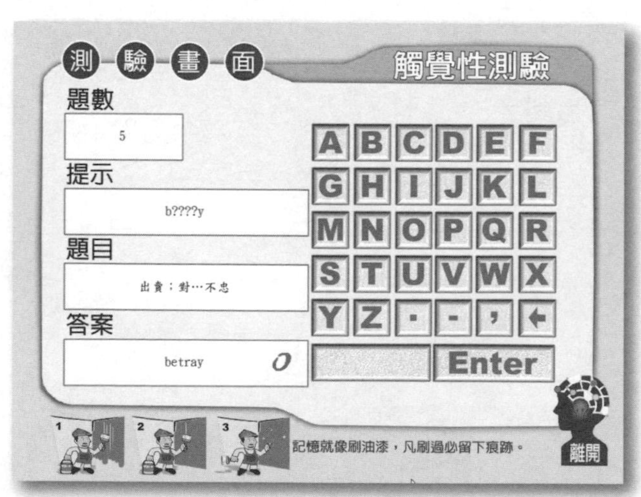

觸覺性訓練的測驗畫面

knock
敲

右腦　圖像聯想：
我敲門問有沒有人在家。

這層測驗是本系統速記單字的終極目標，也是最困難的一層，它將訓練使用者精確拼出每一個單字的能力，透過反覆測驗及答題錯誤後主動糾正的方式，讓學習者完全熟記每個單字的拼法。

當各位完成前面三種測驗的訓練後，仍以同範圍的五百字繼續本階段的拼字測驗，由於本測驗較為困難，建議以十個字為單位，速度必須放慢到與認知性測驗的速讀速度相同，並經過三次不定點閃字的速讀練習才開始答題，這個階段的成績設定以七十分為標準，學習時間仍不超過兩天。

第5層油漆：多感官訓練

聽力進步的最佳方法就是讓自己的耳朵習慣英語的語調，不但能增加學習英語本身的效果及樂趣，還能發現自己早已不需要用力聽，漏失掉一些字還是能掌握重點。這層測驗的目的是訓練英語拼字與發音間的對應關係，還加上了手指操作、耳朵聽音等多重感官刺激，不但能加強單字的記憶，無形中讓綜合感知反應變得更迅速。讓使用者聽到單字，就立刻知道該字的中文意思及正確拼法，這是利用耳腦連結的方式來鞏固記憶。

完成觸覺性訓練課程後，請以同範圍的五百字繼續第五階段的聽力測驗，建議以三十個字為單位，速讀速度則加快為與聯想性訓練課程時的速度相同。特別的是只要經過一次不定點閃字的速讀練習就可進入測驗，這個階段的成績設定以九十分為標準，學習時間仍不超過一天。

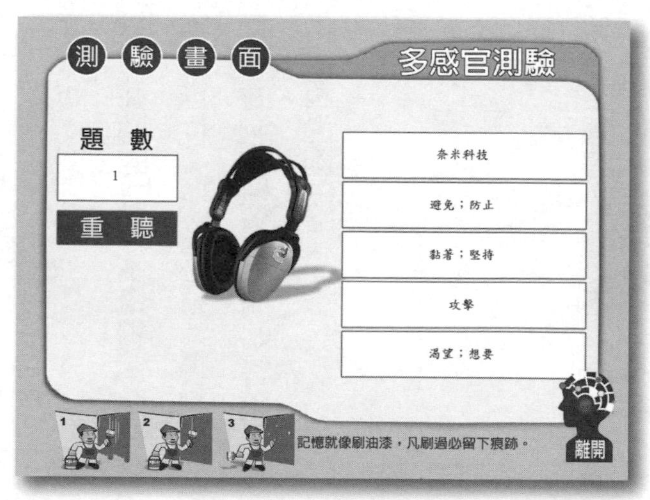

多感官訓練的測驗畫面

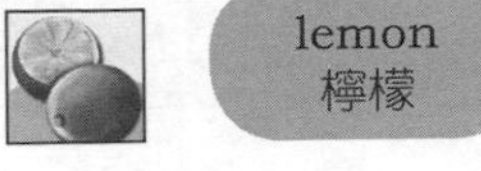

右腦 圖像聯想：
新鮮的檸檬汁加蜂蜜很好喝。

第6層油漆：分析性訓練

依照德國格式塔心理學（Gestalt Psychology）的完形理論，當人類觀察事物時，本身具有自動填滿所有空缺物體的本能。克漏字題型的設計就是把句子或一篇短文去掉幾個單字，答題者會不自覺想要填補上這些空缺的單字，使其完整，對於單字的記憶效果會更強。

前面的測驗是從英語單字連結中文意義，而分析性測驗，則是以克漏字方式學習句型與加強單字記憶。必須檢視上下文關係，填上符合完整句義的正確答案，藉此測驗答題者對字彙與文法句型的了解。

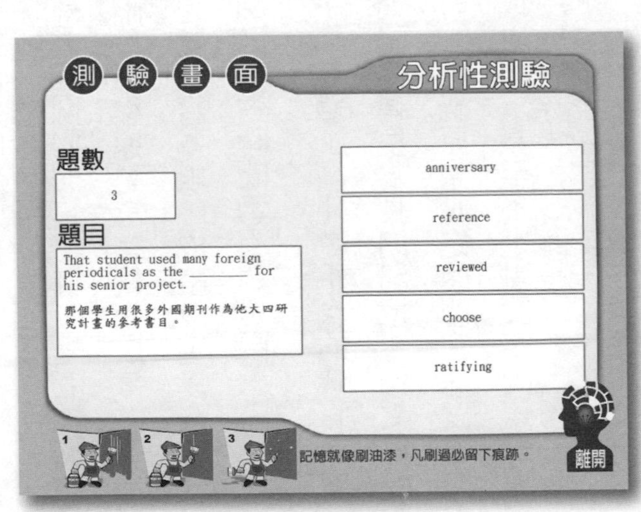

分析性訓練的測驗畫面

測驗進行時，除了可以分析句子的結構外，同時包含「再確認」與「回憶」兩種層次，這個動作是真正能夠固化單字記憶的超強黏著劑。

我們建議各位不妨以這項測驗複習已熟悉範圍內的單字群，畢竟透過句子才是真正培養出英語語感的最佳方式。本階段課程速記單字量先以每次二十到三十個字為單位，並且以一次不定點閃字速讀複習為限，成績設定以八十分以上為標準，五百個單字為一個階段學習範圍，學習時間仍不超過兩天。

經過上述一個學習循環後，每一個單字都經過了高達數十次的感官刺激，這個範圍中八、九成的字彙在腦中已由短期記憶轉換為長期記憶。但更重要的是，各位會驚喜的發現，進入下一個範圍時，感覺原來設定的閃字速度愈來愈慢，學習單字數量可逐步增加為十五個字或更多。甚至不定點閃字的速讀練習也只要一次即可，這就是油漆式速記能力的增加。

當各位使用本系統訓練時的間愈久，速讀與速記能力愈強，每個人每小時速記四百到五百個單字，絕對指日可待。

油漆式速記系統。

【試用光碟安裝説明】

附錄

【油漆式速記系統】試用光碟安裝說明

請各位將書後光碟放置入光碟機中，安裝程式將會自行啟動。如果您的光碟機無法自動執行安裝程式，請點選光碟片中的「InstallNSIS.exe」程式，接著就會出現STEP1的安裝畫面。

請移動滑鼠，直接按下「安裝油漆式速記訓練系統」，將會出現左圖STEP2畫面，告知使用者正在載入安裝程式。

請各位稍候一下，當安裝程式載入完畢後，將進入STEP3安裝精靈，只要跟著指示，就可以順利完成「油漆式速記法2.0試用版軟體」的安裝。

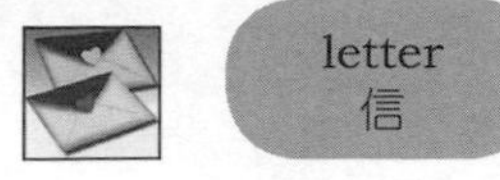

右腦　圖像聯想：
這些信都是我寫給她的情書。

STEP1 油漆式速記訓練系統 安裝畫面

安裝程式載入中，請稍待

STEP2 載入安裝程式

STEP3 進入安裝精靈，跟著步驟走。

當軟體安裝完畢之後，STEP4，在Windows桌面會產生「超左腦句型多益字彙試用版」的捷徑icon，接著直接按滑鼠兩下就可以執行試用版軟體。

STEP5是本系統的進入畫面，進入「說明功能」選項可以了解系統的各種操作方法，「速記教室」選項中則包含所有的油漆式速記訓練課程。

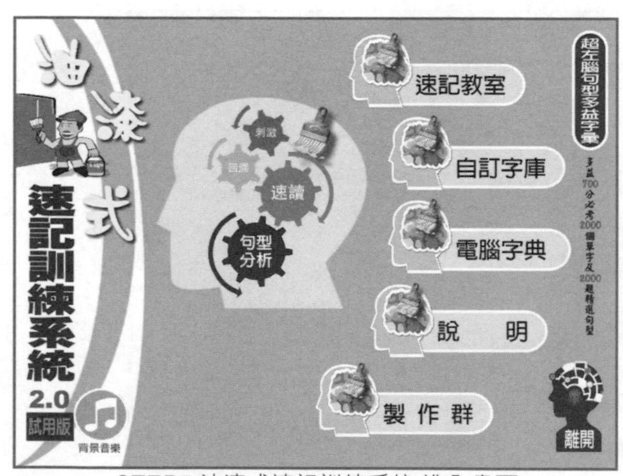

STEP5 油漆式速記訓練系統 進入畫面

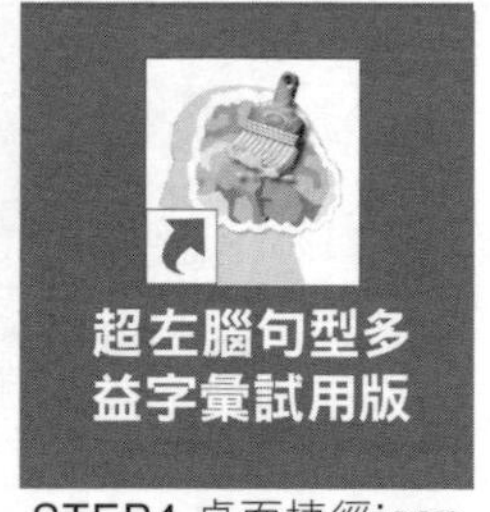

STEP4 桌面捷徑icon

心得紀錄

Guide Book 332

《眼球視覺鍛鍊法》

内藤貴雄◎著　陳冠羽◎譯　定價199元

提升頭腦運轉速度、預防癡呆、提升眼睛功能！

同時鍛鍊「眼睛」和「腦」，只要用看的就能讓頭腦迅速活性化！提升學習力、記憶力、集中力、速讀，都有效！

Guide Book 333

《用心智圖寫作文》

施翔程◎著　定價290元

基測、學測、指考、統測，作文拿高分祕笈。

35堂主題心智圖寫作課，利用心智圖，展開作文新思路，突破不知如何下筆的困境，迅速找到寫作方向。

Guide Book 334

《曼陀羅思考法》

胡雅茹◎著　定價250元

西方有心智圖，東方有曼陀羅思考法！

曼陀羅九宮格能刺激大腦的聯想力、邏輯力與創造力，提升「心理狀態、人格特質、專注力、閱讀力、創造力、記憶力、行動力、溝通力」八種能力。

Guide Book 335

《最強！不用上課的音速日語學習術》

朱育賢◎著　定價350元

把朋友從補習班中拯救出來！以語言享受生活！

1985年生的作者，小時口吃，現在卻是專業日文口譯，他將告訴大家，善用自己的優點，透過「自學」的方式，短時間內就能「音速學好日語」。

Guide Book 336

《現在就開始 芬蘭式教育》

藤田理佳子◎著　江裕真◎譯　定價250元

樂趣和興趣爲優先，培養自行思考行動的小孩！

以芬蘭式學習培育小孩的思考力、打造表達力及聆聽力、加強理論性及應用能力。小學生的國語、算數、理科、英語都可以用芬蘭式學習解決。

國家圖書館出版品預行編目資料

【油漆式速記法】超高速多層次重複記憶法/ 吳燦銘作. —初版. — 臺中市 : 晨星, 2012.02
面 ;　公分. — (Guide Book ; 337)

ISBN 978-986-177-558-6(平裝)

1.英語 2.詞彙 3.速讀
805.12　　100024138

Guide Book 337

【油漆式速記法】超高速多層次重複記憶法

作者 吳 燦 銘
編輯 邱 惠 儀
美術設計 十 月
封面設計 陳 其 煇
排版 尤 淑 瑜
校對 葉 孟 慈

負責人 陳銘民
發行所 晨星出版有限公司
台中市407工業區30路1號
TEL：（04）23595820 FAX：（04）23550581
E-mail：morning@morningstar.com.tw
http：//www.morningstar.com.tw
行政院新聞局局版台業字第2500號
法律顧問 甘龍強律師
承製 知己圖書股份有限公司 TEL：（04）23581803
初版 西元2012年02月01日

總經銷 知己圖書股份有限公司
郵政劃撥：15060393
（台北公司）台北市106羅斯福路二段95號4F之3
TEL：（02）23672044 FAX：（02）23635741
（台中公司）台中市407工業區30路1號
TEL：（04）23595819 FAX：（04）23597123

定價 250 元
（缺頁或破損，請寄回更換）
ISBN 978-986-177-558-6

Published by Morning Star Publishing Inc.
Printed in Taiwan
All Rights Reserved
版權所有・翻印必究

◆讀者回函卡◆

以下資料或許太過繁瑣，但卻是我們瞭解您的唯一途徑
誠摯期待能與您在下一本書中相逢，讓我們一起從閱讀中尋找樂趣吧！

姓名：＿＿＿＿＿＿＿＿＿ 別：□男 □女 生日： / /

教育程度：＿＿＿＿＿＿＿

職業：□學生 □教師 □內勤職員 □家庭主婦
□SOHO族 □企業主管 □服務業 □製造業
□醫藥護理 □軍警 □資訊業 □銷售業務
□其他

E-mail： 聯絡電話：

聯絡地址：□□□＿＿＿＿＿＿＿＿＿＿＿＿＿＿＿＿＿＿＿＿

購買書名：【油漆式速記法】超高速多層次重複記憶法

・本書中最吸引您的是哪一篇文章或哪一段話呢？＿＿＿＿＿＿＿＿＿＿

・誘使您 買此書的原因？

□於＿＿＿＿書店尋找新知時 □看＿＿＿＿報時瞄到 □受海報或文案吸引
□翻閱＿＿＿＿雜誌時 □親朋好友拍胸脯保證 □＿＿＿＿電台DJ熱情推薦
□其他編輯萬萬想不到的過程：＿＿＿＿＿＿＿＿＿＿＿＿＿＿＿＿＿＿

・對於本書的評分？（請填代號：1. 很滿意 2. OK啦！ 3. 尚可 4. 需改進）

封面設計＿＿＿＿＿ 版面編排＿＿＿＿＿ 內容＿＿＿＿＿ 文／譯筆＿＿＿＿＿

・美好的事物、聲音或影像都很吸引人，但究竟是怎樣的書最能吸引您呢？

□價格殺紅眼的書 □內容符合需求 □贈品大碗又滿意 □我誓死效忠此作者
□晨星出版，必屬佳作！ □千里相逢，即是有緣 □其他原因，請務必告訴我們！

＿＿＿＿＿＿＿＿＿＿＿＿＿＿＿＿＿＿＿＿＿＿＿＿＿＿＿＿＿＿＿＿＿＿＿

・您與衆不同的閱讀品味，也請務必與我們分享：

□哲學 □心理學 □宗教 □自然生態 □流行趨勢 □醫療保健
□財經企管 □史地 □傳記 □文學 □散文 □原住民
□小說 □親子叢書 □休閒旅遊 □其他

以上問題想必耗去您不少心力，爲免這份心血白費
請務必將此回函郵寄回本社，或傳眞至（04）2359-7123，感謝！
若行有餘力，也請不吝賜教，好讓我們可以出版更多更好的書！

・其他意見：

晨星出版有限公司 編輯群，感謝您！

請塡妥後對折裝訂，直接投郵即可，免貼郵票。

廣告回函
台灣中區郵政管理局
登記證第267號
免貼郵票

407
台中市工業區30路1號
晨星出版有限公司

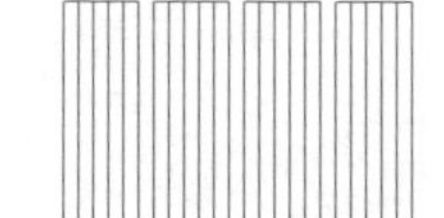

請沿虛線摺下裝訂，謝謝！

更方便的購書方式：

1 網站：http://www.morningstar.com.tw
2 郵政劃撥 帳號：15060393
戶名：知己圖書股份有限公司
請於通信欄中註明欲購買之書名及數量
3 電話訂購：如爲大量團購可直接撥客服專線洽詢

◎ 如需詳細書目可上網查詢或來電索取。
◎ 客服專線：04-23595819#230 傳眞：04-23597123
◎ 客戶信箱：service@morningstar.com.tw